キミコのよろよろ養生日記

文 北大路公子
絵 丹下京子

集英社

もくじ

う…

重…

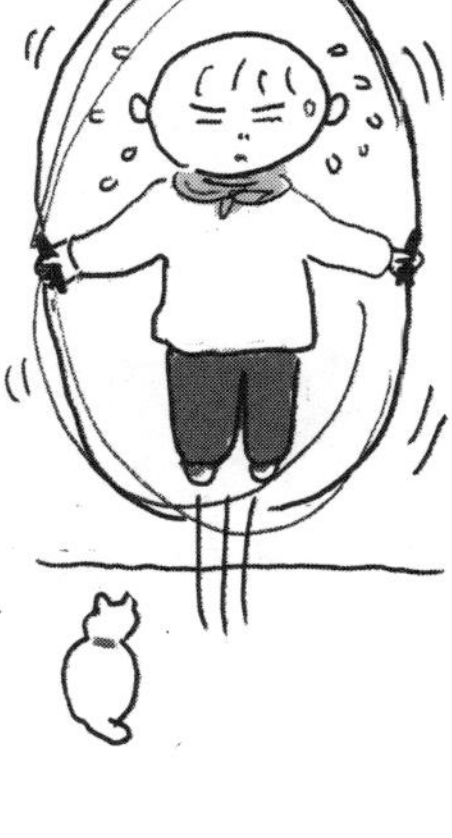

キミコのよろよろ養生日記

第1回　泣きっ面に雪

二〇二二年二月

雪だ。毎日のように雪が降っている。北海道はこの冬、記録的な大雪が続いており、我が家も駐車場に積んだ雪山が日に日に巨大化している。

二週に一度、四トントラック一台分の雪を運び出してもらうよう業者と排雪契約はしているものの、札幌市内の雪堆積場が次々キャパオーバーとなり、あるいは排雪用のトラックそのものが不足しており、または雪で狭くなった道路が常に渋滞していて堆積場への往復に時間がかかり、というかそのすべての要因が絡み合って、予定日を過ぎても業者のやって来る気配がないのだ。そして当然ながら、雪はそんな我が家の事情など斟酌《しんしゃく》しない。

業者を待つ間も、容赦なく積雪は増え続ける。駐車場の雪山は限界を迎え、ここから四トン減ったからといって何かが変わるとは思えない。が、このままでは近い将来、我が家は間違いなく雪に埋もれてしまうであろう。

先日はついに見知らぬおじさんから、

「おたくも雪すごいねえ。春になったら中から何か出てくるんでないの？」

と声をかけられてしまった。何かって何？　行方不明の人とか？　と内心うろたえたが、

「そうそう。凍った人が十人ばかり」などと具体的に同意されると怖いので、黙って頷《うなず》くしかなかったのである。

結局、一週間遅れでようやく排雪が入ったものの、案の定「四トン」など焼け石に水。残った雪山を前に、

「これ五百グラムくらいしか減ってなくない？」

と、改めて呆然としたのである。

それにしても、本当に大変な冬である。記録的な大雪も大変だし、なにより私自身が大変だ。この大雪に際して、まったく使い物にならないのだ。昨シーズンまでは、

「ご先祖様はなぜこんなに雪の多い土地に移住したのだ。我々が日に何時間も雪かきに費やしている間、南国に住む人々は海辺で太陽の光を存分に浴び、歌など口ずさみつつセロトニンをじゃんじゃん分泌させて幸福感に浸っているのだ。ご先祖様は南を目指すべきであった」

などとぼやきつつも、日がな一日せっせと除雪に励んでいられた。雪に対する我が家の唯一の戦力として、相応の活躍をしていたのである。

だが、悲しいことに、あの日の元気な私はもういない。去年の夏に乳がんで入院して手術、

秋口から始まった化学療法の影響というか副作用で、今現在、史上最大に弱っているのだ。

いやもうびっくりするくらい体力もなければ筋力もない。何か月も寝たり起きたりの生活をしていたせいもあるのだろう。元々軟弱な身体《からだ》に拍車がかかり、冬を迎える頃には日常生活を送るだけで精一杯になってしまった。今冬の除雪はもっぱら義弟が担ってくれているが、先日、少しくらいは役に立とうと朝のゴミ出しのついでにスコップを手にしたところ、腕の力がなさ過ぎて雪をはね上げることができなかった。おまけに踏ん張りが利かなくて、その場で尻餅までついてしまったではないか。

わはははは。そんなことってある？

どうやらあるらしい。思わず笑ってしまうが、雪遊びの最中に転ぶ子供じゃあるまいし、雪国生活数十年の大人として笑っている場合ではない。

あらゆる機能があっという間にしゅるしゅると衰えてしまい、三十歳くらい一気に歳をとった気分である。考えてみれば、今の私はペットボトルの蓋《ふた》も自力で開けられないのだ。

スコップ一つ持てない手をじっと見る。指もずいぶん細くなって……と言いたいが、むしろ浮腫《むく》んでもく

もくしている。爪も変。ゾンビ映画でしか見たことのない色をしている。

「ああ、なんだか、ずいぶん、遠くに、来て、しまった」

人生を憂うにも、息切れがひどく一息には喋《しゃべ》れない。もっとスムーズに悲嘆したいが副作用には隙がなく、細部に宿っているのだ。

思えば最近は、家から数メートル離れた場所にゴミを出しに行くだけで、ひと仕事である。雪道で歩きにくいせいもあるが、足下がおぼつかずにすぐにふらつき、視力が落ちてなんとなく視野も狭まった気がする。飛蚊症《ひぶんしょう》も悪化したのか、白い雪に黒いちらちらが浮かんで邪魔くさくて仕方がない。

なによりキツいのが階段だ。我が家の玄関は二階にあるので、外と行き来するにはどうしても階段を上り下りしなければならず、これがまあ日に日に険しさを増している。四か月前、治療が始まった頃は、

「なんてことないっす。いつもどおり、ふつーの二階っす」

と思っていたが、治療を重ねるごとに体感標高が高くなり、今ではほぼ登山の様相を呈している。

そんなわけで、登山。

元来、私は登山に向いていない。子供の頃から疲れやすく、持久力もなく、おまけに感想という名の文句がだだ漏れる体質で、「ああ疲れたー」「もう嫌だー」「これの何が楽しいの？」

と言い続けることによって逆に自らを洗脳、さらに疲労を強く実感させるという能力の持ち主である。

小学校の登山遠足で市内の円山《まるやま》（標高二二五メートル）に登った時も、中学校の登山遠足で同じく市内の藻岩山《もいわやま》（標高五三一メートル）に登った時も、

「ほんとはここは富士山でしょ！」

とぼやき続けることで、辛さを増幅させることに成功し、結果として、

「もう二度と山には登らない」

とかたく心に誓うこととなったのである。

私はやる時はやる人間なので、以後数十年、誓いを守り続けた。山登りのない人生に一片の後悔もなく、ただひたすら平地を移動する暮らしを送ってきたのである。

それがどうだ。ここにきて、突然の登山の日々である。玄関に続く階段は二十段。一階に亡父の仕事場や倉庫がある関係で、通常の住宅よりは少し段数が多いものの、元気な時はほとんど気にならなかった。しかし、今は違う。その二十段がチョモランマ級の高山と

なって、目の前に聳《そび》え立っているのだ。

見上げただけで頭がクラクラする。ゴミ出しのたびに覚悟を決めて登攀《とうはん》に挑むも、まず足が上がらない。最初の三段くらいで太腿《ふともも》が痛いというか怠《だる》いというか、とにかく重くなり始め、どうにも動かなくなってしまうのだ。自分が間違った場所に来ている気がして、今回の登頂は諦めるべきではないかとの思いが胸をよぎる。

「撤退もまた勇気」

とそっと呟《つぶや》いてみるが、問題は今ここで撤退したところで家に帰れるわけではないことである。キャンプ地でもある自宅は、この山の頂上にあるのだ。

これは引き返せない闘い。

手摺《てすり》代わりの柵を握りしめて腕の力で身体を運ぶ。が、「筋力低下」の副作用は足だけに現れるわけではないのは当然で、腕だって弱りに弱っている。歯磨きをするだけで二の腕が怠くなる今日この頃なのだ。

「遭難、しますわ、これ」

すぐに限界が訪れ、半分ほど登ったところで立ち止まる。足は上がらないが息は上がる（うまいこと言った）ので、とりあえず呼吸を整えなければならない。肩で息をしていると、

「休んでばかりだと却《かえ》って疲れるぞ」

登山遠足の時に教師に言われた言葉がふいに蘇る。しかしこれが、ギャル曽根に「食べてば

っかりだと却ってお腹がすくよ」と言われているようなもので、まったく意味がわからない。昔もわからなかったが、今もわからない。そういえば、

「景色を見ながら歩けば楽しいぞ」

とも言われた。確かにあの時は木々の緑が生い茂り、麓《ふもと》の街が見下ろせ、なんなら道端に花まで咲いていた。それを見ながら歩く余裕がないからこそ辛いのだという事実は別として、楽しむべき景色が広がっていたことは間違いない。

しかし、私が今立っているのは冬山だ。素人が冬山に手を出してしまった。周りを見渡せば、雪ばかり。物置は屋根まですっぽり雪に覆われ、その横にあるはずの灯油タンクは、これまた雪に埋もれて姿が見えない。定期的に給油にやってくる業者の人はどうやってタンクまで辿り着き、どうやって掘り出すのだろう。彼らの絶望を思うと、なんとか除雪して「灯油タンクへの道」をつけてあげたいところだが、今年の雪の量と私の体力では到底無理である。

胸を痛めつつ目線を上に転じれば、階段の屋根から大きな雪庇《せっぴ》がせり出しているのが見える。雪庇という

か、ほぼ氷だ。あれが落ちて灯油タンクを直撃すれば、タンクは壊れるであろう。もし給油作業中で人がいれば、大事故となるであろう。そうなる前になんとかするには、屋根に上っての作業が必要となり、人手も費用もかさむ。業者に頼むと、今の時期はかなり待たされることにもなるはずだ。

「全部、つらい」

目に入るものすべてが苦行である。

そこから目を逸らすように、登山を再開する。一段ごとに休憩を挟み、ひたすら重い足を持ち上げるのだ。

山頂は遠い。なんとか辿り着いた時には一歩も動けないような状態になっており、本当にこはチョモランマではないかと疑うくらい呼吸が苦しい。

思えば、化学療法開始にあたって主治医は、「大変だけど頑張りましょう」とさらりと言ったのだった。しかし、具体的にどんな「大変」さが待ち受けているかは教えてくれなかった。いや、教えてくれた気もするが、

「仕事？　ああ、続けてください。気分転換にもなるし」

などと軽く言われたこともあって、

「なんか私は大丈夫な気がする」

と、ふんふん聞き流していたのだ。

どこが大丈夫だよ。

実際には「よくある副作用」の全部とは言わないまでも、八割くらいを体験した。運動はした方がいいだろうと、最初の頃は散歩に出たりもしていたが、やがて気温が下がり、雪が降り、根雪となり、道路状況が悪化し、散歩どころではなくなった頃に副作用も強くなり、味覚障害が出て、胃腸もやられ、食事はとれず、膀胱炎《ぼうこうえん》に罹《かか》り、発熱が続き、力は入らず、怠さで動けず、爪はゾンビで、浮腫んだ顔はアンパンマンとなった。

だから、どこが大丈夫だよ。

まあ唯一の希望はそれらの不調がすべて薬の副作用であり、治療が終われば徐々に回復していくであろうことである。さらに言えば、つい先日、治療の最終回を迎えることができた。

いやあ、長かった。周りからは、

「終わってみればあっという間だよ」

とよく言われたものだが、実際には、

「いやいや、くっそ長かったわ！」

という気しかせず、もちろんまだ副作用は続いている。続いているというか、蓄積された副作用が、「最終回スペシャル」として大暴れしている。それでも目に見えないところで身体は回復に向かっているはずだ。治療後は運動が大事とのことなので、私としても失われた体力と筋力を徐々に取り戻していく所存である。

手始めに動画に合わせてラジオ体操をしてみたところ、身体が異様に重く、体重が四トンになったかと思った。排雪用トラック、私一人でいっぱいいっぱいである。

第2回　新しい朝が来ない

二〇二二年三月

猫が見ている。絨毯《じゅうたん》の上に寝そべりながら、何か言いたげな顔でじっと私を見ている。「大丈夫だよ」と声をかけたいが、私自身も床に這《は》いつくばって猫を見返すのが精一杯だ。言いたいことはあってもお互い言葉にならない。ただじっと見つめ合うだけである。

三月に入っても、体重が四トンから一向に減らない。もちろん実際の体重ではなく、体感としての体重であるが、それでも相変わらずの四トンだ。何をするにも身体が重く、息切れも伴ってとにかく動くのが辛い。ここに至って、浮腫《むく》みも出てきた。

どれもこれも四か月余りに亘《わた》って受けてきた化学療法の副作用らしく、確かに浮腫みについては、治療前から医師や看護師さんに、

「出るぞ出るぞ」

と脅され……ではなく可能性を説明されてはいた。実際、浮腫みがなかったわけではなく、顔はほぼアンパンマンであり、利尿剤も処方されていた。が、それとは別に診察時の、

「浮腫みはどうですか？」

「あります」

「どれどれ……ふふん」

みたいな医師の薄い反応も気にはなっていたのである。

「もっと！　親身に！　優しく！　お母さんみたいに！」

と思っていたが、あれは「まだまだこんなもんじゃない」ということであったのだろう。そういえば治療初期、いずれ副作用に身体が慣れるかどうかを看護師さんに尋ねた時、

「うーん、慣れるよりはむしろ蓄積するかも」

と気の毒そうに言われたのだ。その言葉どおり、これまでに蓄積されたダメージが、副作用最終回スペシャルとしてどんとやってきたに違いあるまい。

ちなみに浮腫みでもっとも困るのは、服の袖が濡れることである。何の話かとお思いだろうが、腕が太くなるため、洋服の腕まくりがうまくできずに、顔を洗うたびに袖口がびしゃびしゃに濡れるのだ。うむ。こうして文章にしてみると、いくらでも工夫というか、対処のしようがあるように思えるが、副作用全盛期には身体のみならず頭の働きも鈍くなり、そんな高度な判断などできない。結局、頻繁に袖を濡らし、「ちべたいしぎぼちわるい」と小学生以来の情

けない気持ちで立ち尽くすのである。

　そこへもってきて、身体が異様に痛むようになってきた。寝室からわずか数十歩の居間へ移動しただけで、まるで長時間運動したかのように太腿の裏がぱんぱんに張ってしまうのだ。

　まあ、運動といってもせいぜい高校の体育の持久走くらいしか経験がなく、しかもあれは校舎の周りをぐるぐる回るだけなので、教師の目の届かない場所ではだらだら歩き放題で、男子なんて途中の自動販売機でジュースを買ったりして、ああ、この人たちはこのためにちゃんと小銭を用意してきたのだなあ、立派だなあ、やはりこれくらい先の読める人でなければ大成しないのだろうなあ、私も持久走の授業には小銭を用意する人間でありたいなあ、と深く感じ入るのがメインの授業だったが、とにかくその持久走の後より格段に身体が痛い。

　家の中を歩くだけで一苦労。特に辛いのが前屈《まえかが》みの姿勢で、床のゴミはもちろん、たとえ家の廊下に二億円が落ちていても今の私には拾うことすらできない。この間は、掃除機かけも途中で断念してしまった。筋力が衰えているため腕に力が入らず、息切れもひどくてすぐに立ち止まり、そもそも脚が痛いので動き続け

られない。これはロボット掃除機を買えという電器屋の策略かとすら疑ったのである。

とにかく何をするにも休憩を挟む。朝起き上がって布団の上で休み、居間へ移動して休み、居間から洗面所へ行って休む。洗面所では袖口をびしゃびしゃにして顔を洗い、その足下では猫が、

「あさごはんまだなのかしらよー！」

と訴え、よしよしと撫《な》でようと屈むと太腿の裏に電気のような痛みが走るのだ。

悪い夢を見ているかのようだ。

聞くところによると、この痛みも薬の副作用による「筋肉痛」なのだそうだ。私の人生における二大筋肉痛は、山形の山寺（宝珠山立石寺《ほうじゆさんりつしやくじ》）の階段を友人と二人で上った時と、仕事で富士山の洞窟に入り、氷の上をつるつる滑りつつ普通のスニーカーで踏ん張りながら歩いた時であるが、それに匹敵するような痛みである。ちなみに山寺では、延々続く階段を上りながら、

「私、疲れて死にそうなんだけど」

「私もー」

「てことは、今死んだら、あの世でも合流できるね」

「はあ？　何でよ？　何であの世でまで公子さんと一緒にいなくちゃならないのよ！」

と、なぜか突然友情の終焉《しゆうえん》的な場面が展開され、今も時々思い出してはいろいろな意味で感慨深いのだが、それにしても尋常ならざる筋肉痛である。しかも、全然軽快しない。いつま

でもずっと同じテンションで痛いのだ。

これ、いつか元に戻るのだろうか。

副作用だからいずれは抜けると信じつつも、さすがに不安が募る。安静がいいのか、運動するのがいいのかすらわからない。怪我をしているわけではないのだから、多少辛くても動いた方がいいような気はするものの、では一体何をやるべきなのか。皆が勧めるウォーキングには自信がない。歩ける距離の見当がまったくつかないし、雪の残る道路状況も歩くには不向きだからだ。

というわけで熟慮の末、改めてラジオ体操に挑むことにしたのである。先日、試しにやってみたら体重が四トンであると判明したラジオ体操。あれを今度は毎日正しく続けようと決意したのだ。

そう、ラジオ体操は「正しさ」が大切である。子供の時はだらだらと腕を振り回したり、適当にジャンプしたりしていたが、それではラジオ体操の本来の効果は期待できないと伝え聞く。逆に言えば、正しい動きをマスターすれば、とてつもない効力を発揮するはずなのだ。「寅さんを厄介な親戚と認識する」「雪が嫌い

になる」「ラジオ体操を恥ずかしがらずにやる」というのが大人になった証《あかし》と信じる者として、ここはしっかり取り組まねばならないのである。

そうと決めたら、まずは予習である。「かんぽ生命」のサイトで動画を視聴し、図解を熟読した。正しい身体の動かし方や効果的な力の入れ方など、やはり見よう見まねで覚えた体操とは一味違う説明がなされている。ついでにラジオ体操の歴史も勉強。初代ラジオ体操は昭和三年に放送開始、途中GHQの「示唆」を受けての中断と二代目体操を経て、昭和二十六年に現在の三代目体操が開始されたことなどを知る。ここで気になるのは、「示唆」だ。命令でも要請でもないということは、「今までのさー、軍隊みたいな体操って今時どうかなあ？　戦争も終わったし、俺らも進駐してきてるしさー。もうちょっと楽しい雰囲気もありかもよ？　音楽とかつけてさー」みたいなことを耳打ちされたのだろうか。まあ、どうでもいいけども。

と、一通り学んだところで、いよいよ体操である。無理は禁物なので、まずは「第一」だけを執り行うことにした。部屋に散らばったものをちょっと足で除《の》け（屈むと痛いので）、スペースを作る。それだけで準備完了。ラジオ体操は場所をとらないのも大きな魅力なのだ。

「よしっ！　やるぞ！」

自らに気合を入れ、動画を再生する。お馴染みの音楽が流れると、自然に気をつけの姿勢になるのは、身体が覚えているのだろう。やがて聞き覚えのある台詞が流れてきた。

「ラジオ体操第一。腕を前から上に上げて、大きく背伸びの運動から」

いやあ、懐かしい。気持ちは一気に子供時代の夏休みに戻るが、しかし今の私はあの頃の私とは違う。最後の深呼吸と同じ動きに見えるこの体操が、本当に背伸びを要求していることを知っているのだ。そのためにはこうして手は上に、足は床方向に強く押すように動かすのがコツだと動画のお姉さんが教えて痛てててっ。

初動でびっくりするくらい肩と太腿に痛みが走る。小学生の頃にはなかった感覚だ。思わず動きを止めたものの、ラジオ体操は待ってはくれない。

「腕と脚の運動ー」

慌てて爪先立ちになる。そう、この体操の基本姿勢は爪先立ち……うわあ、危ない！　なんと踏ん張りが利かず、身体がぐらぐら揺れるではないか。こんな状態で膝の曲げ伸ばしなど正気とは思えない。というか膝！　膝が痛い！　こんなに膝が痛いなんて人生ではじめ——

「腕を回しましょう」

早っ！　早いし痛いっ！

「脚を開いて胸の運動ー」

待って、待って。

せ、先生！　曲がりません。

「前後に曲げる運動です」

だ、だから曲がりません。横にも、前にも、後ろにも、曲がらないのよ。私も、できれば、曲げたい。曲げて、廊下に二億円が落ちていたら、拾いたい。でも、曲がらない。最近は、痛くて、身体を反《そ》らせないから、うがいもできないのに、曲がる、わけ、が、ないし、ああ、息が、切れて、きた。

「ねじる運動ー」

意味が、わから、ない。真っ直ぐ立っているものを、どうして、わざわざ、ねじる？

「脚を戻してー腕と脚の運動ー」

腕と脚、もう、十分、運動したかと。

「脚を開いて斜め下」

斜め下に、腕を、下ろせと？　掃除機も、かけられない、人間、に、何を、言うのか。痛いに、決まって、いるでは、ないか。あと、息が。

「身体を大きく回します」

背骨が、変な、音を。

「脚を戻して両脚跳び」

いやいやいや、跳べない。四トンの、身体が、全然、持ち、上がら、ない。というか、ジャンプ、なんて、子供、のやること、だろう。

「開いて閉じて開いて閉じて」

ジャンプ、しながら、開く？　脚を？　何で？　拷問？

「腕と脚の運動ー」

あ、これは、例の、二番目と同じ、爪先立ち、の、体操……あああああ、ダメだ。身体が、ぐらぐらして、立って、いられないいいい。

大きくふらつき、そのままバタリと倒れ込んでしまった。立ち上がろうにも、身体が動かない。なにしろ体重が四トンもあるのだ。四トン。息は絶え絶えで、頭もじんじんと痺れている。ラジオ体操とはこんなに過酷なものであったのか。軽い準備運動のようなものではなかったのか。次からは準備運動のための準備運動が必要ではないのか。

私が困惑している間にも、体操は続いている。

「深呼吸ですー」

床に這いつくばり、言われるがまま大きく息をする。

荒い息を吐きながらふと顔を上げると、猫がこちらを見ている。
言いたいことはあってもお互い言葉にならない。ただじっと見つめ合うだけである。

第3回　出でよ、忠敬

二〇二二年四月

いよいよこの日がやってきた。

私は一人感慨にふけりながら、伊能忠敬《いのうただたか》を取り出した。窓からは、弱いながらも明るい春の日が差し込んでいる。

「雪もとけたし、元気になってきたし」

自分に言い聞かせるように呟き、掌《てのひら》の上の伊能忠敬を眺める。伊能忠敬が我が家へやってきたのは二月の末。新担当編集者のS氏が、立派な化粧箱入りのみかんと一緒に送ってくれたのだ。

みかん。当時の私は大袈裟ではなく、みかんとアイスで生きていた。治療を終えてはいたものの、副作用の味覚障害と食欲不振が強く残り、何かを口に入れること自体が嫌になっていた頃である。

とにかく何もかもが不快であった。喉が締まって嚥下《えんげ》は辛《つら》く、口の中は常に分厚いビニールで覆われているみたいで、水はおろか空気さえも不味《まず》かった。

何を食べても、感じるのは「無味」か「刺激」である。甘いものも辛いものも塩辛いものも全部そう。風味が消えて油臭さやエグみだけが残り、特に味噌汁やスープなどの塩気のある飲み物は、飲んだ瞬間に口の中がザラザラして一切受け付けなくなってしまった。何だよザラザラって、とお思いになる方もいるであろう。私も、

「この薬の味覚障害は口の中がザラザラすると仰《おっしゃ》る方が多いです」

と説明を受けた時は、

「何だよザラザラって」

と思わず声に出してしまった。いい歳をした大人が、初対面の薬剤師さんにタメ口になるくらい想像がつかなかったのだ。

だが、実際に点滴治療が始まると、確かに「ザラザラする」としか表現できないほどのザラザラっぷりである。汁物がダメなので麺類は全滅。おかゆも汁気があるのでザラザラ。お茶漬けもザラザラ。湯豆腐もポトフも全部ザラザラ。驚いたのはカレーの際立ったザラザラで、

「なるほど、これが『カレーは飲み物』であることの所以《ゆえん》か！」

と一人膝を打ったのである。

そんな状況の中、唯一の例外がみかんとアイスであったのだ。唯一といいながら二つあるこ

とについてはまあいいとして、あらゆるものの味が歪《ゆが》んで感じられる世界で、なぜかみかんとアイスだけが記憶の味そのままであった。みかんとアイスが私を救ったといっても過言ではない。人は病を得ると時に世の中の真実が見えると聞くけれど、私にもはっきりとわかった。神様はこの日のために世界にみかんとアイスをお遣わしになったのだ。

そんな時期に届いた、みかんと伊能忠敬である。私は電光石火の速さでみかんをたいらげると、伊能忠敬については敢えて忘れるよう努めた。忠敬のパッケージに記された「万歩計」の文字に怖気《おじけ》づいたのである。

「雪が残っているし、筋肉痛はひどいし、息切れは治らないし、筋力は落ちているし、全身浮腫《むく》んでるし、体感体重は四トンのままだし、ラジオ体操では倒れるし、とてもじゃないけど歩く自信がない」

正直、忠敬どころではなかったのだ。

しかし、時の流れとはすごいもので、治療終了から約一か月。副作用が抜け始めたことにより事態は変化した。食欲が出てきて、味覚も徐々に復活。何も食べられない時期に、

「まあ、うん。治療が終われば食べられるようになり

ますから」

と主治医にあっさり言われた時は、

「わしゃ未来の話じゃなくて今の話をしてるんじゃあああああ！」

と、どこぞのおっさんが乗り移って、ちゃぶ台返し的に電子カルテのデータを全部消しそうになったが、早まらなくてよかったと安堵した。主治医の予言（？）は見事当たったたし、そもそも私のカルテだから消えて困るのは私なのだ。

体調も日に日に回復していった。筋肉痛と息切れが軽くなり、体感体重は四トンから百キロ程度へと大幅な減量である。冬山登山の様相を呈していた過酷なゴミ捨ては、今や鼻歌まじりのハイキングだ。

ラジオ体操も最後まで倒れずにやり通せるようになった。調子に乗って第二体操に挑戦した時は、動画のお手本についていけず、「死者を蘇らせる恐怖の盆踊り　よそ者は決してそれを見てはいけない」的な、B級ホラー映画を彷彿《ほうふつ》とさせる奇妙な動きになってしまったが、これは体力云々《うんぬん》より運動神経やリズム感の問題であろう。私にはその手の素養が決定的に欠けているのだ。

ただ、すべてが順調に思われる中、一つだけ悲しいことがあった。私の心変わりである。命の恩人というべきみかんとアイスを、ほとんど欲しくなったのだ。

「いつか店中の全みかんとアイスを買い占めるような恩返しをしよう」

病床で誓った気持ちに嘘はないが、無味だった生クリーム系に味が戻ったこともあり、今ではすっかりアイスよりシュークリーム派だ。みかんに関しても旬を過ぎて値段が上がり、そうまでして食べなくてもいいやという気持ちである。心が弱っている時に慰めてくれた人とお付き合いをしたものの、元気になった途端、用済みとばかりに別れ話を持ち出す人でなしみたいで胸が痛むが、どうしようもない。

そうこうするうち、春がやってきた。雪はとけ、気温は上がり、いつのまにか日が長くなった。外を歩くにはちょうどいい気候、いよいよ伊能忠敬の季節となったのだ。

「ついにこの日が……」

私は掌の伊能忠敬を改めて見つめる。プラスチックのカバーを外され封印を解かれた忠敬は、マッチ箱を薄くしたような、と言っても今時マッチ箱を知っている人がどれくらいいるかわからないが、とにかく薄いマッチ箱のような形状をしていてとても軽い。その薄くて軽い忠敬が、これから私のポケットやバッグの中で、日々私の歩数を測ってくれるのだという。

「万歩計を送りました」

シンプルなS氏の言葉に込められた「これとともに頑張ってウォーキングに励んでくれ、そして元気になってバリバリと原稿を書いてくれ、締切には遅れるな、ほんと毎回毎回何でそんなに締切破るのかね」という気持ちを改めて感じる。

今はまだ真っ白な画面だが、設定後にはドット絵のちょんまげ頭のおじさんが現れて、歩数に合わせて「ガンバレ」とか「ドリョクセヨ」とか励ましてくれるらしい。我らが伊能忠敬である。忠敬と私はこれから日本地図の完成を目指して、二人三脚で歩き続けるのだ。

えー。面倒くさい。

いや、そんなことを言っている場合ではないだろう。経過観察という名の無治療中の私には、適度な運動が推奨されている。予後改善のために、そういうエビデンスがあるのだそうだ。運動量については、週に一時間のウォーキングでいいとか、いやいや一日に三十分必要だとか、筋トレも加えるべきだとか、調べれば調べるほど「適度」の幅が大きくなっていくのだが、いずれにせよ身体を動かせとの仰《おお》せである。

えー。やっぱり面倒くさい。

元気になってきたとはいえ、今まで歩かないことで有名だった私である。通勤という移動の必要性を持たず、出不精で家にいるのが好き、散歩が嫌いで、徒歩五分のコンビニにも車で乗り付けていたのだ。日本一周などできるだろうか。

不安は尽きないものの、しかしS氏のみかんだけを食い逃げするわけにもいかず、まずは忠敬の初期設定にとりかかる。説明書に従って開始日の年月日、歩幅、体重などを入力するのだが、ここで恐ろしいことに気づいた。どうやら私の情報が漏れ、思考が読まれているらしいのだ。

「歩幅なんて知らんわ」と投げ出しそうになった瞬間、「歩幅の決めかた」が書かれたページへ誘導するように、マーカーで線が引かれている。「警告」ページの「病み上がり、ケガをしたあとのリハビリや長期間運動していない人は、無理をせず体調に合わせて、歩く速さ、量を少しずつ増やしましょう」という文章にも、黄色いライン。まるで私の気持ちや状態を知っているかのような仕様ではないか。

「怖い！　すべてが何者かによって監視されている！」

ついにディストピア的未来社会が、しかも万歩計の説明書から到来してしまった。

混乱し怯《おび》えつつ、何者かに導かれるように「距離モード」の設定へと進む。これには「実距離モード」と「実距離の2、5、10、30、50倍の速さで進める倍速モード」があるらしく、どれがいいのか判断がつかない。迷っていると今度は青いボールペンの直筆文字でこう書かれているのが目に入った。

「実距離モードだと毎日52km歩いて一年かかります（笑）50倍にしましょう！」

「いやああ！　誰？　私の心を読んでるのは誰なのっ？　しかも笑ってるし！」

って、まあ、どう考えてもS氏なのである。S氏が

わざわざ私の引っかかりそうな箇所にマーカーを引き、丁寧に注意ポイントを書き込んでくれていたのだ。が、それに気づかない私は、一日の「目標歩数」設定で、「こんぴらさんを登った北大路さんなら８０００歩くらいいけますかね？」と書かれているのを発見し、

「ぎゃあああ！　何で私の名前まで知ってるのおおお！」

と中腰になった直後に、

「あ……」

と、初めて理解したのである。身体のみならず、頭もだいぶ弱っている。こんなことで大丈夫だろうか。

結局、一日の目標歩数を一〇〇〇歩に設定した。最低ラインであるが、あまり無理をしてもよくない。なにしろ長旅だ。私はこれから忠敬とともに東京を出発し、太平洋側を北上して津軽海峡を渡り、北海道をぐるりと回った後は日本海に沿って南下。そこから九州・四国を巡り、本州に戻って再び東京を目指すのである。

距離を進めるたび、万歩計の小さな画面の日本地図が完成に近づいていくらしい。途中、忠敬以外の「滅多に現れないキャラクター」が登場したり、地図完成の後には新しいミッションが待っていたりと、飽きさせない工夫が随所に施されている。そして、そのどちらの説明文にも、

「楽しみですね」

とS氏のコメントがついていた。そんなに楽しみなら自分で歩いてはどうかと思うが、実際彼は既に旅を開始していて、

「ホッカイドウ　トウチャクジャ」

と忠敬が喜んでいる証拠画像を送ってくれたばかりだ。抜かりはないのである。

そんなわけで、四月吉日。私も日本一周に出発である。まずは動物病院に、猫の薬をもらいに行くことにした。忠敬と二人で家を出る。風は冷たく、道路の端には雪が残っているが、澄んだ空気が気持ちいい。マスクをずらし、深呼吸をする。味覚障害時の不味い空気を思うと、別の星の大気のようである。

いつもは車で通り過ぎる馴染みの町を、ゆっくりと歩いた。本当なら大股の早足が望ましいらしいが、体力がそこまで戻っておらずスピードを上げられない。川、公園、日陰のとけ残った黒い雪。ふだんほとんど気にとめることのない何気ない景色が、まるで知らない町のそれのように目に映る。新鮮で楽しい風景だ。

十五分ほどで動物病院に到着した。忠敬によると一三〇〇〇歩ほどの距離である。まったくたいした距離で

はないが、ああ本当に私は回復に向かっているのかもしれないと、その時初めて実感した。記念すべき最初の一歩。そう思うと突然テンションが上がり、そのまま病院近くのコンビニに駆け込むようにして入り、

「運動したらお腹すいたし！」

とシュークリームを買った。

「念のために二個！」

いや、だから今こそ店中の全みかんとアイスを買えよ、という話なのである。

第4回　迷宮の通学路

二〇二二年五月

人生初の散歩生活は、驚くことに順調である。

初日、片道一三〇〇歩の動物病院に行っただけでテンションが上がり、コンビニでシュークリームを二個買って、担当編集者のS氏に、

「(カロリーの収支的に) 衝撃を受けました」

と言われてから早一か月。今も散歩の習慣が続いているのだ。歩くことが嫌いなうえに、夏休みのラジオ体操ですら一週間も続かなかったような人間であるから、こんなにうまくいくとはS氏とは別の意味で自分でも衝撃を受けている。

副作用が抜けて身体が楽になったのに加え、春へと向かう季節もよかったのだろう。雪がとけ、陽射しは日ごと柔らかくなり、桜も梅も桃も辛夷《こぶし》もチューリップも水仙もレンギョウも雪柳も躑躅《つつじ》も、とにかく何もかもがいっぺんに花を咲かせる。空は高く晴れ渡り、夜明けがどん

どん早くなる。そんな中を、「いやもうほんと北海道は五月と六月を延々繰り返す地になればいいのに！」と願いながら毎日てくてく歩いているうちに、一か月が経ったのだ。

お供はもちろん万歩計の伊能忠敬である。毎朝、だいたい七時過ぎに起き、猫と布団でいちゃいちゃしたいのをぐっとこらえて家を出る。玄関前で忠敬を確認すると、液晶画面の中でだいていい「コレカラダ」と励ましてくれているのは、設定した一日の目標歩数の達成度に応じて台詞が変わるからだ。「コレカラダ」は目標の二〇％をクリアしたことを意味する。出発前に既に二〇％。自分が非常に有能な人間になった気がする。一日の目標歩数を、最低ラインの一〇〇〇〇歩に設定したかいがあったというものである。

ちなみに一般的な理想的歩数は一日に七〇〇〇歩だそうだ。

「一日に七〇〇〇歩がちょうどいいんだって」

私が散歩生活を始めたと知ると、リアルの友人からネットの中の知人まで、ずいぶん多くの人がそう教えてくれた。

「へえ、そうなんだ」

答えつつも、何がちょうどいいのかが、さっぱりわからない。友人に尋ねると、

「えーと……何だっけな……死なないんだっけな」

と言っていた。いや、死ぬだろう。何千歩歩こうが人はいつかは必ず死ぬのではないか。と思いつつ、しかしずいぶんたくさんの人が、口々に「七〇〇〇歩」とお題目のように唱えてい

るのを聞くと自信がなくなる。ウォーキング界には、何か七〇〇〇歩にまつわる不老不死伝説があるのかもしれない。

いずれにせよ、今の私にはあまり関係のない話ではある。まだそこまでの体力はなく、五〇〇〇歩あたりが精一杯。そもそも一三〇〇歩でシュークリーム二個ということは、七〇〇〇歩では大変なことになってしまうのである。S氏が衝撃で卒倒しても困るではないか。

散歩コースはいくつかあるが、平日は子供の頃に住んでいた町のあたりを歩くことが多い。今の家から徒歩数分の距離にありながら、生活圏を分けるような大きな道路を一本挟んでいるせいで、ふだんはほとんど訪れることのない場所なのだ。たまに車で通り抜けることはあっても、一瞬のことである。自分の足でじっくり歩くのは、実に数十年ぶりのこととなった。

当初はなんだか妙な気分であった。なにしろ引っ越してから半世紀近くが経っている。見覚えがあるようなないような奇妙な町に放り出されたタイムリーパーみたいで、懐かしいかどうかすら既にわからない。

昔住んでいた場所に向かってみたものの、当時の家

も家庭菜園もすべてなくなり、築浅のきれいな一戸建てが何軒か並んでいる。六年生になっても毎日外で遊び呆けている私を心配して、

「勉強は……大丈夫なの？」

と母に尋ねたという向かいのおばさんの家も、新しくなっていた。優しいおばさんだったが、その一言がきっかけで、母が私を塾に入れたことだけは密かに今も恨んでいる。一時間に一本しかないバスで通うのが面倒になってサボり倒したあげく、最終的に退塾処分になってしまったのだ。そうとは知らずに久しぶりに塾へ行き、「退塾者」として廊下に名前を貼り出された自分の名前を目にして、さすがに恥ずかしかったのである。ちなみに塾からの退塾通知を「一度懲りろ」と母が伏せていたことも後に判明した。

サボるといえば、まったく練習をしないままレッスンに行き、

「先週より下手になってるのはどうして？」

と真顔で先生に訊《き》かれたエレクトーン教室もなくなっていた。どうしてと言われても答えようがなく、強いていえば、

「忍者の修行に忙しくてエレクトーンどころではなかった」

というのが正直なところだが、実際にそう口にしたかどうかは記憶にない。その頃、毎日伸びる草を日々飛び越えることで超人的なジャンプ力を身につける、という忍者の修行に夢中だったのだ。修行場所でもあった空き地は、今は駐車場になっていた。その駐車場の角を曲がる

と同級生の実家。表札の名前は同じだが、家は新しい。高齢の女性が庭の手入れをしていて、おそらくは彼のお母さんだろう。

頭の中に残っている街並みが、現在と重なったりズレたりする。まるで知らない場所に感じたり、かと思えば、「ああ！　そうそう！　この家のおじいさんがいつも窓から外を見ていた！」と突然昔の光景がありありと蘇ったりする。

そんな不思議な町を歩いているうちに、ふと「学校まで行ってみよう」と思い立った。かつて通っていた小学校である。子供の足で片道三十分余り。毎日毎日「遠いなあ」とうんざりしながら通っていた道も、今ならまた違う気持ちで歩けるかもしれないと思ったのだ。

スタート地点は当時の自宅である。その脇の児童公園の白樺《しらかば》、昔は添え木を当てられ割り箸のように細かったそれが、今は一抱えもあろうかという大木に育っている。園内の遊具も入れ替えられ、スカートを穿《は》いた友達が、

「パンツ見えてるー？」

と叫びつつ、ぐるんぐるんと回っていた鉄棒も撤去

されていた。

公園から少し進むと、「旗の家」が見えてくるはずだ。運動会や遠足が中止の朝は赤い旗が立つ家で、門の前にあったオンコの木の実を「種を呑んだら死ぬ」と怯えながらもばくばく食べたが、思えばあれはよそのお宅の庭木であった。悪いことをしたと今更反省するも、時既に遅し。しかも「旗の家」に続くはずの道がなくなり、片側三車線の幹線道路に突然、突き当ったではないか。

「なんじゃこりゃ」

もちろんそこに道路があることは知っていた。私も何度も車で通っている。しかし、それがかつての通学路とは結びついていなかったのだ。確かに、

「ここに新しい道路ができるんだって」

と子供たちの間でも噂にはなっていたが、当時は見渡す限りの草むらで、とてもじゃないが何かが造られるようには見えなかった。夏は雑草が子供の背丈より高く繁り、冬には雪が堆《うずたか》く積もった。不法投棄なのか、古い冷蔵庫が何台も捨てられていた。「絶対に中に入らないように」ときつく言い渡されていたのは、内側からは扉を開けることができず、閉じ込められて窒息してしまうからだ。

同級生が廃棄冷蔵庫の中から子供のすすり泣く声を聞いたと言い出して肝試しに行った時は、現場に辿り着くより先に誰かが草むらでトノサマバッタを見つけてしまい、あっという間に泣

き声のことは忘れ去られてしまった。もし本当に泣いている幽霊がいたら、さぞかしガッカリしただろうと思う。そんな地が、今や車の往来も激しい幹線道路だ。「旗の家」もあるのかないのかわからなくなっている。

もう一度、目の前の景色をまじまじと眺める。整備された近未来的道路と、そこを行き交う車。車体に反射する光がギラギラと眩《まぶ》しい。そして進むべき道がわからない。

「こっちでいいんだっけな」

なんとか記憶を引っ張り出して学校へ向かおうとするが、すべてがあやふやで心もとない。砂利《じゃり》と土煙を巻き上げる車の合間を走り抜けたデコボコ道は、片側二車線、どの横断歩道を渡ればいいのか迷うほどの交通量になっている。渡ったとして、どの道を行って、どの角を曲がれば正解なのか。時折、古い家が建っているけれど、それは私が通っていた当時からあったものなのか。どこを眺めても、何一つ確信が持てない。

とにかくあらゆる風景が変わり、消え失せていた。度胸試し的に皆で飛び越えたドブ川も、登校時間に合わせて店を開けてくれていた文房具店も、冬、ランド

セルを橇《そり》にして滑り降りた土手も、近道をしようとして雪に埋まって遭難しかけた空き地も、それを発見して助けてくれたおじさんの家も、もう何もない。かろうじて見覚えがあるのは、いくつかの小さな児童公園くらいだ。

過去と現在を行き来しながら、やがて私は完全に通学路を見失った。学校の場所は知っている。大きな通り沿いに行けばいいのも理解している。が、そういう問題ではない。私は、ちあきなおみの『喝采』を熱唱しながら下校し、知らないおじさんに「お嬢ちゃん、上手だねえ」と拍手されたルートを忠実に辿りたいのだ。

しかし、それはどうやら不可能のようだった。細い記憶を元に進んでも、行き止まりになったりぐるりと回って同じ場所に戻ったりする。完全に狐に化かされた人間の行動である。残念だが、半世紀の時を思えば無理もない。せめて一目だけでも小学校を見て帰るかと、住宅街の坂道をとぼとぼと下る。おそらくこの坂は「ミミズ通り」だ。雨上がりにはアスファルトに大量のミミズが這い出てきて、我々小学生を震え上がらせた坂である。記憶の中では、ミミズ通りを抜けると広い空き地があって、その向こうに学校が見えるはずだが、

「なんじゃこりゃ」

しかし目の前に現れたのは、これまた当時は存在しなかった大きな道路である。あの空き地も道路建設予定地だったのだ。北海道、幹線道路造り過ぎだろう。

激しく行き来する車列を目で追う。もはや何が本当なのか判然としない。私の過去は実在し

たものなのだろうか。ひょっとして私が子供時代の思い出と信じているものは、すべて幻なのではないか。あるいは私自身が幻で、世界はとうに滅びているのではないか。滅びた世界の中に、私の思念だけが漂っている可能性はないのか。馬鹿げた考えに脳が支配される。

と、その時である。立ち尽くす私に、一人の男性が必死の形相で駆け寄り、声をかけてきた。

「駅はあっちですか？」

スマホ全盛のこの時代に、人に道を尋ねるとはよほどのことがあったのか、息も上がっている。

「そうです」

という私の答えを聞くと、彼はまた急いで走り去った。その背中に、私は自分の姿を見る。彼はおそらく昭和からタイムスリップしてきたのだ。すべてが変わったこの町で唯一知っている駅を目指しているのだろう。気の毒だが、仕方がない。ここはもう別の町になっているのだ。

結局、その新しい道路を通って私は帰宅した。学校には辿り着けないままだったが、帰宅後に忠敬を確認すると、ちょっとした奇跡が起きていた。

「七〇〇〇歩」

不老不死を手にしたかもしれない。

第5回　袁惨《えんさん》的散歩生活

二〇二二年六月

散歩生活も三か月目に入った。まさかこんなに続くとは思っておらず、自分が一番びっくりしている。以前は散歩している人が、本当に不思議だった。何が楽しくてそんなことをしているのか理解できなかったし、歩きながら何を考えているかもわからなかった。人はそんなに考えるべきことがあるのだろうか。人生についてだろうか。夕飯のメニューについてだろうか。それとも何も考えていないのだろうか。何も考えないとはどういうことだろう。心を無にするのだろうか。心を無。そもそも無って何？　と混乱ばかりが深まっていたのを思い出す。

それが今では、毎朝早起きして散歩に出る体たらく……じゃなくて変わりようである。歩く距離はだいたい五〜六〇〇〇歩に落ち着いた。不老不死伝説がある七〇〇〇歩には届かないものの、まあ一気には無理だろう。四月に東京を出発した忠敬の万歩計も、北海道をぐるりと回って、現在は日本海側を南下中である。

こうして散歩する側の人間となった今、私が歩きながら何を考えているかというと、主に陳《ちん》郡《ぐん》の袁傪《えんさん》についてである。中島敦『山月記』に出てくる袁傪だ。秀才ゆえの自意識をこじらせて虎になった友人、李徴《りちょう》と山の中で偶然再会し、かの有名な台詞、「その声は、我が友、李徴子《し》ではないか？」を発する人物である。

ずいぶん唐突な話だなあと昔から思っていた。人が虎になるのも唐突だし、叢《くさむら》の中から声がしたからといって、それが友人ではないかと話しかけるのも唐突だ。なにしろその叢は、今さっき自分を襲おうとした人喰虎が走り込んで身を隠した叢なのである。夜はまだ明けておらず、あたりは暗い。

「その声は、我が友、李徴子ではないか？」

言うだろうか。もしそんな状況で、茂みから「あぶないところだった」と人の声が聞こえたとして、とっさに出るのは、

「大丈夫ですか？」

ではないのか。

「虎、そっちに行ったけど、大丈夫ですか？」

それとも友人の声というのは、特別心に響くものなのだろうか。李徴にとって袁傪は数少ない友達であったようだが、大親友というほどの間柄には見えず、実際、青年時代の友人ということである。大人になってからはさほど親交があったわけではなさそうなのに、ううむ、そう

か。袁傪にはわかるのか。さすが袁傪。

『山月記』を最初に読んだのは高校生の時で、祖母の家だった。読み終わって顔を上げると、窓から月が覗いていた。古いガラス窓越しの月は、ずいぶん歪んで見えた。『山月記』のことを考えると、今でもその歪んだ月と、『山月記』の載っていた教科書のページの匂い、そして、

「結局、人はあまり秀才過ぎるのもよくないのではないか」

と結論づけたことを思い出す。頭がよすぎると、自分でも予期せぬ暗い場所に連れて行かれることがあるのだと、どこか薄ら怖いような気持ちになったのだ。

まあ、そんな心配など一切無用の人生であることは早々と判明したのだが、「いや、それにしても袁傪すごいわ」「普通わかる?」とぐるぐる考えつつ、毎日同じコースを歩いているのである。

街並みは、今やすっかり馴染みとなった。どこの庭にどんな花が咲いているか、どこのお宅のどの窓から時々猫が顔を出すか、どこの家の女子高生がガレージのシャッターを五キロ四方に響き渡る音でドンガラガッシャーン！　と閉めると同時に自転車立ち漕ぎで道

路に飛び出して行くか、今ではかなり把握しているといっていい。

一方で季節とともに景色は変わった。公園や街路樹の緑が急に濃くなり、一度きれいに刈られた川べりのイタドリが、あっという間に再び繁りつつある。軽く子供の背丈を越える茂みは、もはや人喰虎が隠れていてもわからないくらいだ。

変化は私自身にもあって、なかでも恐ろしいのは日焼けである。気温はさほど高くないが、確実に陽射しが強くなり、鏡を見るたびに顔が黒くなっているのがわかるのだ。これは困る。治療の副作用の色素沈着があり、さらには皮膚も弱くなっている今、日焼けをしてしまうとシミなどが一気に増えるらしいのだ。元気に生きてりゃそれでいいという考えももちろんあろうが、さすがにおばちゃん、シミは嫌。

日焼け止めの塗りが甘いのかもしれない。もっとこう気合を入れて入念に紫外線の侵入を一滴（滴？）たりとも許さない渾身のフルメイクで臨まねばならないのかもしれない。朝から。誰が。私が。無理だ。そんな気力は到底ない。起きて着替えて顔を洗って日焼け止めを塗ってその日出すゴミをまとめて玄関の姿見で「何か変だな」と思って眉毛の描き忘れに気づいて戻って眉毛を描いて家を出てゴミを捨ててしばらく歩いて「何か変だな」と思ってマスクを忘れたことに気づいて戻るだけで精一杯だ。戻り過ぎだ。

そうこうしているうちに、見た目が昭和の大工の棟梁みたいになってきた。色黒で坊主頭の棟梁である。治療中に髪の毛が全部抜けて徳の高いお坊さんのようになっていたのが、復活しつつあるのだ。ただし、絵に描いたようなごま塩頭である。治療後に生える髪は白髪で癖毛になりやすいとは聞いていたものの、本当に立派な棟梁が出来上がってしまった。お坊さんから棟梁へ。ねじり鉢巻が最高に似合いそうである。

日焼け以外の変化についていうと、体重は治療の間に四キロほど落ちて、今もそのままだ。あれほど食べられなかった治療中と、その三倍は食べつつ晩酌までしている今とで体重が同じとは解《げ》せないが、たぶん浮腫《むく》みがとれたのであろう。おかげで一時は四トンほどあった体感体重も、実体重とほぼ同水準に戻った。

屈むのも辛かった筋肉痛はいつのまにか消え、その代わりといってはなんだけれども、関節痛が突如現れた。今更そんなことが？　とネットで調べてみると、似たような症状に悩まされながら、

「ほかにもこんな人いますか？」

と問いかけている人が結構いたので、そういうこともあるのだろう。

痛いのは手指と膝、そして足首である。起床時と動きはじめの痛みがひどく、床から立ち上がる時は完全におばあさんの動きになってしまう。おじいさんの髪

型をしたおばあさんである。つらい。

身体的な話でいえば、すべて元通りになることが「元気になった」ことでもないのだろうが、以前とは違うと実感する瞬間も多い。お風呂に浸かっただけで手脚が猛烈に痒《かゆ》くなるのも生まれて初めてで、

「ほかにもこんな人いますか？」

と湯船の真ん中で全世界に問いかけたいくらいだ。

そこへもってきて日焼けである。これ以上の棟梁化は避けたい私としては、散歩の中断も考えざるを得ない事態となった。そもそも散歩というのは期間限定で、雪が降ったら続行不可能である。冬に備えるという意味でも、今から何か屋内でできる運動にシフトした方がいいのかもしれない。

なにしろ冬の散歩は怖いのだ。父は生前、一年中散歩に出ていたが、ある冬の早朝、真っ白な顔で帰宅したかと思うと、突然嘔吐《おうと》したのである。

聞けば散歩の途中で突然頭が割れるように痛くなり、気がついた時には自宅一階の会社のソファーに座っていたという。記憶が飛び、どうやって帰ってきたかも覚えていないらしい。てっきり脳卒中か何かだろうと思って慌てて病院へ連れて行ったが、検査入院の結果、脳に異常はなし。おそらく転んで頭を強く打ったのではということだった。後に記憶が戻るまで、

「絶対転んでないって」

と言い張っていた父に冬のウォーキングの恐ろしさを見たというか、それより恐ろしかったのは父の異変を知った妹が、

「どうしたの？　殴られたの？　〇〇に？」

といきなり言い出したことで、あの人はどんな仁義なき戦いの国に生きているのだ。

とはいえ、新しい運動の手段も思い浮かばず、散歩をやめる踏ん切りもつかない。顔見知りも増えてきた。顔見知りといっても私が一方的に、

「あ、この人にまた会った」

と思っているだけで、向こうは私を認識しているかどうかもわからない。今のところは三人。リハビリ的な雰囲気で公園の周りをぐるぐる歩いているおばあさんと、自転車の前座席にヘルメットを被った小さな女の子を乗せて保育園に向かう若いお父さんと、Mちゃんかもしれない人だ。

Mちゃんかもしれない人は、小学校の同級生だったMちゃんの実家に住んでいる。庭に水を撒《ま》いたり、家から出てゴミを捨てに行く姿を最初に見た時は、一瞬「Mちゃんのお母さん？」と思ったが、年齢的にはM

ちゃんであろう。私もMちゃんも十分歳をとっているのだ。

ただ、Mちゃんの家から出てきたからといって、それが本当にMちゃんかどうかは別問題である。まったくの別人、たとえば兄弟の奥さんの可能性もあるからだ。と考えて、彼女が一人っ子だったことを思い出す。

Mちゃんだろうか、と彼女を見かけるたびにそれとなく観察する。わからない。なにしろ小学校の卒業以来一度も会っていないのだ。つぶらで聡明そうな瞳の女の子だったことは覚えているものの、いかんせん眼鏡とマスクで顔がよく見えない。ゴミ出しに行くにもマスクをするのが真面目なMちゃんらしいが、たとえマスクがなくとも判別ができるか自信がないのも事実だ。家に帰って卒業アルバムまで引っ張り出してクラス写真を見ても、

「モノクロ……」

「あと私何でパッカーンって脚開いて座ってるの……閉じて……ていうかカメラマン注意してあげて……」

と思うばかりで、子供Mちゃんと現Mちゃんかもしれない人との共通点は見つからなかった。

そのおかげで袁傪のことを考えるようになったのである。私が袁傪ならマスク越しでもMちゃんのことを見抜いたろうに、と残念でならない。せめて素顔を見たい。いや、声だけでいい。袁傪は声を聞いて李徴だとわかったのだ。ならば私もMちゃんかもしれない人の声を聞けば……。

などと、あれこれ思い巡らせていた矢先、その日はやってきた。ゴミ出し中のMちゃんかもしれない人が目の前で何かに躓《つまず》いてよろけ、軽く肩がぶつかったのだ。

「あ、すみません」

彼女の声を聞いた瞬間である。脳裏に小学校時代の記憶が迸《ほとばし》るように蘇り、ああ、Mちゃんに間違いないと震える声で、

「その声は、我が友、Mちゃんではないか?」

と尋ねた……ということは一切なく、そもそもMちゃんの声を覚えておらず、単なる通り過がりのおばちゃんとして、

「大丈夫ですか?」

と尋ねたのである。やはり私は袁傪にはなれず、Mちゃんかもしれない人は「大丈夫です」ということであった。

第６回　栄光の走馬灯

二〇二二年七月

ぎこちなくジャンプするたびに走馬灯のように昔のことを思い出す。今から半世紀近く前、小学生だった頃の記憶だ。当時、私は縄跳びが得意だった。足に引っかかることなくいつまでも跳べたし、二重跳びも「ばってん跳び」と呼んでいた交差跳びも、簡単にやってのけた。なんなら三重跳びにも何度か成功した。

身体が小さくて軽かったせいもあるのだろう。息が切れることはなく、腕が疲れることもない。問題があるとすれば飽きることで、延々とジャンプをしながら、「退屈なのに、やめどきがわからない」と考えていたのだ。

今思えば、栄光の時代であった。

そして、その素晴らしさに気づくことなく、やがて私は縄跳びから離れた。人は長ずるにつれ縄跳びから離れがちな生き物である。いつしか私も「あれは子供とボクサーがやるもの」と思うようになっていたのだ。

以来数十年、縄跳びとは縁のない生活を送っていた私であったが、実は、ここにきて再びの急接近となった。運動によって病気治療後の体力向上と予後の改善を図る私に、担当編集者のS氏が送ってくれたのだ。

「忠敬（万歩計）との散歩だけで満足しないで！　もっとこう身体を動かして！　力強く！　そして原稿は早く！」

との熱いメッセージをひしひしと感じる贈り物である。私はそれをありがたく受け取り、そして三か月放置した。

いや、だって無理でしょう。その頃の私は、忠敬との散歩で精一杯。それもせいぜい一日三〇〇〇歩程度だったのではなかったか。とてもじゃないが、新しい運動を取り入れる段階ではなかったのだ。

ただ、縄跳びの噂はかねがね耳にしていた。健康やダイエット界隈で、かなりのやり手として名を轟《とどろ》かせているのも知っていた。なにしろ多くの脂肪とエネルギーを消費し、心肺機能が高まり、持久力がつき、筋

力がアップして体幹が鍛えられ、ついでに血流もよくなって、代謝が上がるというのだ。

代謝。

若い頃はちょっと節制するだけでするすると落ちた体重が、歳をとって何をどうしても減らなくなり、「むしろこれは息を吸っても太っているのでは？　私は何か永久機関的なシステムを手に入れたのでは？」と疑い始めた頃にぶつかる壁である。

この代謝が落ちると太りやすく痩せにくくなり、しかし上げるには筋肉量を増やすしかなく、筋肉量を増やすには運動あるのみという、それができる人間は息を吸っても太るようにはなっていないだろうという矛盾だらけの存在だ。

いやまあ、矛盾はないのかもしれないが、強敵であることに間違いはない。代謝の壁にぶつかったが最後、「楽して痩せる」「気持ちで痩せる」「痩せたいと思った時には既に痩せている」などの夢のダイエット術が、すべて幻だと突きつけられるのだ。

その強敵である代謝を、縄跳びは効率よく上げるらしい。しかも一日十分跳ぶだけで。おまけにメンタルの安定までをもたらすという。リズム運動のなんとかがセロトニンのかんとかをアレして、精神をソレするのだそうだ。

素晴らしい。実に素晴らしいが、それを言うなら、ウォーキングもそんな感じのスーパー健康術を謳《うた》っている。基礎代謝を上げ、脂肪を燃焼し、体重を減らし、血圧や血糖値までをもコントロールするとの噂だ。だからこそ私は毎日一時間ほど歩き、日焼けで顔や腕が高校生の頃以来の黒さとなり、治療の副作用で抜けた髪や眉毛や睫毛《まつげ》は未だ生え揃わず、日に日に人相が悪くなっているのである。既にかなりのスーパー健康術を実践している身なのだ。縄跳びの必要など、今更どこにあるのか。

内心、そう鼻息を荒くしつつも、せっかく送ってくれたものを無下にしていいのだろうかとの思いもある。聞けばS氏はスポーツマンだという。新型コロナの影響もあって、直接お会いしたことはないものの、「体育会系」で「長身」の「元バレーボールプレイヤー」との情報が各方面から入ってきている。

「本当に背が高いんですよ」

と聞くたびに、私の中のS氏の身長がどんどん伸びて、今は三メートルくらいになってしまっており、その身の丈三メートルの青年が、

「どうして北大路さんは縄跳びをしてくれないのだろう」

と項垂《うなだ》れて悲しんでいるかと思うと、申し訳ない気持ちになるのだ。S氏と違って身体を動かすことに喜びを感じるタイプの人間ではないが、しかし私も悪い人ではないのである。

そこで一度、試してみることにした。一度でもやれば、S氏も納得してくれるであろう。早速、部屋の隅に三か月放置されていた縄跳びを袋から取り出し、そして驚いた。

「何だこの機械は」

ちょっと（といっても半世紀近く）見ないうちに、縄跳びは私の知っている縄跳びではなく

なっていた。グリップにはカウンター機能があり、跳んだ回数が記録できるのはもちろん、タイマーにもなるらしい。既に説明書を失くしてしまったため、正確な機能をお伝えできず残念だが、説明書を見た瞬間、

「字、ちっさ！」

と放り出したので仕方ないのである。

いずれにせよ、縄跳びみたいな単純なものでもここまでの進化を見せるのかとつくづく感心しつつ、まずは、ロープの長さ調節からである。ネットで調べると、「身長＋五十五センチ」「ロープの真ん中を踏んだまま肘《ひじ》を九十度に曲げて開いた長さ」などの計測法が出てきたので、それに従う。なにぶん縄跳びなど半世紀ぶりなので、すべてにおいて慎重に取り組まねばならない。その際、跳び方について書かれたページにも軽く目を通した。初心者はロープを少し長めにするといいとか、うまく跳べない場合はゆっくりと回してロープを跨《また》ぐところから始めるといいとかだ。が、さすがにそこまで衰えてはいないと信じたい。

「よし、跳ぶか」

と言っても家の中では無理である。一階の亡父の会社の倉庫まで移動し、そこで実行することに決めた。父の会社に入るのは久しぶりである。去年の春にようやく大量の在庫を処分し、あとは棚と事務所部分の片付けだと思った矢先に私の病気が判明したため、以降はほとんど出入りしていなかったのだ。ほぼ一年ぶりに入ってみると、大変かび臭く、薄暗く、並んだ棚の

下にはわけのわからないゴミがそのまま溜まり、そこかしこに蜘蛛《くも》の巣が張っていて、こんなところで運動しても身体に悪いだけだろうと気が重くなる。ただ、広さと天井の高さに問題はなく、縄跳びに向いている物件であることはわかった。

「では」

記念すべき半世紀ぶりの縄跳びである。グリップはあまり身体から離さず、肩は動かさずに手首で回すのがコツなのは身体が覚えている。そのとおりにやってみると、

「え？　あ？　身体覚えてなかった？」

身体が全然覚えていなかったというか、腕が動かないというか、どこでジャンプしていいかわからないというか、手と足と脳がバラバラでまったく連動してくれないのだ。ジャンプのタイミングも読めないし、そもそもうまくジャンプすることもできない。エスカレーターに乗れない子供のように、身体が硬直して動かないのである。

「いやいやいや、さすがに悪い冗談では？」

そう思って何度かやってみたが、やはりダメである。一回は跳べても連続しては無理。腕でロープをリズミ

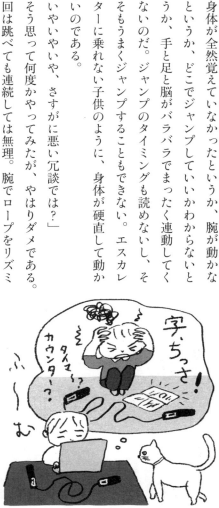

カルに回し、そのロープが目の前に現れた瞬間に跳び上がる、という基本動作ができないのだ。

こんなことがあるのだろうか。どこか悪いんじゃないのか。信じられない思いで事前に読んだネット記事を思い出し、ゆっくりとロープを回してみる。ほとんど地面に置かれた線となったロープを跨ぐも、これは縄跳びではなく線跨ぎだろうという気しかしない。やけくそになってロープをビュンビュン回してみると、考える暇がないからか、逆に跳びやすいことがわかった。とはいえ、せいぜい連続五回程度だ。姿勢が悪いせいか、跳んでいるうちに前に進んでよろめいてしまう。

「一体私はどうなってしまったのだ」

半世紀ぶりに縄跳びに挑戦する人が、どの程度の動きができるものなのかは謎である。だが、さすがにこれはない気がする。おまけにあっという間に息が切れ、肺が痛くなってきた。その時、

「縄跳びが健康にいいというのでやってみたらえらい目に遭いました」

二代前の担当編集者、元祖K嬢の言葉が、ふと浮かんだ。実は元々この縄跳びは、元祖K嬢のものだったのだ。彼女は一度だけこれを使用した際に、命の危機を感じたという。

「十分間、近所の公園で親子連れとかに見られながら跳んだんですけど、やってるうちに今までに経験したことのない異様な頭痛に襲われ、このまま死ぬかもしれないと家に帰って、気がついたらお風呂に入っていました」

人は命の危機を感じると無意識のうちに風呂に入るのだろうか。そのへんはよくわからないが、若い元祖K嬢がそうなら、半世紀ぶりの私がこうでも無理はないだろう。今日はもうやめようか。

そう頭では思いつつも、本能のようなものが「ここでやめたら一生跳べないままだ」と訴える。一生跳べないままでも別にいいが、私にも意地がある。せめてあと五回、を繰り返しているうちに、今度は膝がカクカクしてきた。力が入らず、今にも膝から崩れ落ちそうである。追い打ちをかけるように、着地の衝撃に合わせて首から肩にかけて痛みが走る。合計三十回程度のジャンプでである。

どうやら私の身体は思ったより弱っているようだった。階段が上れるようになったとか、ラジオ体操ができるようになったなどと喜んでいる場合ではなかった。忠敬との散歩ではカバーしきれないほどのダメージが蓄積されていたに違いない。それにしてもここまでとは。

息を切らし、よろめきながら私は跳び続けた。その脳裏に過去の日々が蘇る。

学校そばの文房具店の天井からぶら下がっていたピンクの縄跳び。それを買ってもらった時の嬉しさ。友達との縄跳び競争。走る時も跳びながら走ったものだった。ああ、そうだ。勢い余ってそのままドブ川に落ちたこともあった。一緒にいた友達が、それまでの人生で聞いたことのない叫び声を上げたのだ。

　忘れていたことまでも思い出し、まるで走馬灯だ。私はこのまま死んでしまうか、風呂に入るかするのだろうか。

　まあ、実際は一週間ほど続けたあたりで昔の勘を取り戻し、連続百回を超えるくらいは跳べるようになって「退屈なのに、やめどきがわからない」と思うに至るのだが、この日の私はまだそんなことは知らない。ぎこちないジャンプのたびに、遠い昔の風景を一つ一つ思い出していた。ドブ川は臭くて冷たかったのである。

第７回　ギシャ音の向こう

二〇二二年八月

子供の頃から憧れていた台詞がある。

「体力だけは自信がある」

人生で一度でいいから言ってみたいとずっと思っていた。いや、言うだけならいくらでも言えるが、言ったとしても実体が伴わないので虚《むな》しいだけである。拳銃を構えて「ＦＢＩだっ！」と叫びながらドアを蹴破ることが一生ないのと同じで、体力も筋力も乏しい人間としてはおそらく今後も口にすることはないであろう。

最近、改めてそう思うのは、倉庫のシャッターが重く感じられるからだ。自宅の一階にある亡父の会社の倉庫（兼店舗兼事務所）である。

シャッター自体が年代物ということもあって、前から軽くはなかったが、父が亡くなって以降はさらにその重さを増した。長く闘病していたにもかかわらず、おそらくは当日まで死ぬとは考えていなかった父の未練が乗り移り、「たとえ家族といえどもこの場所を好きにすることはまかりならぬ」と出入りを妨害しているのかと疑うほどだが、実際は雪のせいである。父の死後、それまで融雪機でとかしていた雪を、灯油代節約のためシャッター前に積むようになり、結果として雪の重みで歪みが生じてしまった。二枚あるシャッターは真ん中部分が凹んで、横から見るとくの字に曲がっているのである。

それでも去年までは、もう少し楽に開けていた気がするのだ。まず十五センチほどの隙間をこじ開け、そこに手を差し込むや否や、重量挙げの要領（といってもやったことはない）で一気に上まで押し上げる。途中で手を止めるとシャッターの重さに負けてしまってやり直しとなるので、力と勢いと、たとえ腰を痛めても自分はここを開け切るのだとの強い覚悟でもってやり抜く。大変は大変だが、こんなものだろうとも思っていた。しかし今は、

「バカじゃないのか！　こんなクソ重いシャッター、いつまでも自力で開けられると思うなよ！」

と毎朝逆ギレする日々である。開閉時に、

「ギシャギシャギッシャーン！」

というとんでもなく軋《きし》んだ大きな音がするのも、私の荒《すさ》んだ気持ちを助長させている。町内中から、「油注《さ》せよ」とツッコまれそうな音であるが、油を注したところで何の効果もないのは既に実証済みだ。

「このボロ家の問題はな！　油でどうにかできる表層的なものじゃないんだよ！」

さらなる逆ギレをきたしつつも倉庫へ向かう。縄跳びをするのだ。先月から始めた縄跳びが、今や散歩帰りの日課になったのである。

朝、通勤や通学、ゴミ出し中のご近所さんにまじって散歩から帰宅する。そのまま倉庫のシャッターを開ける。

「ギシャギシャギッシャーン！」

まあ、目立つ。音もさることながら、今までほとんど外に出なかった人間（私）が、ある日突然ウォーキング的なものを始めたあげく、町内中に響くギシャ音を発しながら毎朝薄暗い倉庫に一人で入っていく、という行為自体が目立つ。

一体何をやっているのだ、と思うのが普通である。中でこっそり犬でも飼っていてくれればまだ納得できるが、実際はどうなのか。ご近所さんも気になるらしく、ゴミ捨てのついでに何気なく覗いていく。覗かれた私は埃《ほこり》だらけの倉庫の中で、ボクサーでもないのに必死の形相で縄跳びの最中だ。

「あ、どうも」

目が合って会釈したりして、本当に恥ずかしいのである。いや、別に恥ずかしがるようなことではないはずだが、なぜか恥ずかしい。そもそも恥ずかしいからこそ倉庫でひっそりやっているわけで、そうでなければ堂々と外で跳んでいるのだ。

「お、ダイエット？」

と思われるのが嫌なのだろうか。

「そういや顔なんかもパンパンだったもんなあ」

とか。そのあたりの心情は自分でもよくわからないが、しかし実際のところ日常生活で大人が縄跳びをしているところを見たことがない。ということは、「大人の縄跳び」には、共通認識としての「恥ずかしい」が内包されているのは間違いないはずだ。普通の大人は縄跳びをしないという思い込みに、いつのまにか我々は支配されている。人は縄跳びでさえも、自身の思い込みや精神的呪縛から逃れて行うことはできないのだ。

などと考えつつの、縄跳び生活である。ものの本というか、もののインターネットによると、一日に十分程度跳ぶことで効率的に効果を得られる。

長い。

十分と簡単にいうけれども、十分なんてただ立っているだけでも大変である。もちろん十分間跳び続けるわけではなく、

「一分間に六十回を目安にし、途中三十秒ほどの休みを入れつつ、最終的に十分から二十分跳ぶ」

とのことであるが、なぜここで突然「二十分」が登場するのかという問題もある。おまえどこから出てきた。挨拶なしに、勝手に何を倍にしているのだ。

なるほど、このためにカウンターやタイマー機能があるのかと納得したが、使い方がわからないので一切無視することにした。時間も回数も関係なく、適当に好きなだけ跳ぶ。効率とか知らない。縄跳び中は退屈で数を数えるくらいしかやることがないので、とりあえず回数は数えるが、だいたい百二十回くらいで少し休憩する。休憩中は、倉庫や奥の事務所内を、

「どうすんのこの棚。どうすんのこの机。どうすんのこのロッカー。どうすんのこの書類。どうすんのこのゴミ。一体誰がどうやって片付けるの」

と、主にどうすんの状態でうろうろした後、再度同じ回数を跳ぶ。元気があればさらにもう一度。しかし、三度目は疲れているし飽きているので、たいてい五十〜六十回くらいで終了である。

どうですか、これ。こんなやり方で例の「代謝」は上がるのですか。筋肉は本当につくのですか。体力はどうなのですか。シャッターいつまで開けられますか。

と、食ってかかりたくなるが、だからインターネット様は「それは効率的ではない」と最初から言っているのである。十分から二十分やれ、なのである。いやあ、無理。

そもそも今の私の体力は、客観的に見てどれほどのものなのだろう。化学療法が終わって、今月でちょうど半年が経つ。一年前、去年の八月の終わりに手術をした時にはまったくの健康体……というのは違う気がするけれども、体力的にはさほど低下しなかったものが、十月の頭から始まった化学療法の副作用でしゅるしゅると元気が奪われ、最後の治療を迎える今年の二月には、なけなしの体力がすべて底をついていた。

「副作用は個人差があるから、出ない人はほとんど出ない」

との言説を元に、勝手に「出ない人」と決めつけていたのが悪かったのか。いかなる根拠があってそう決めつけていたのか今となっては謎だが、むしろ「まあまあ強めに出る人」だとわかった時には、既に一日中寝たきりの日も多くなっていたのである。

適度な運動が副作用を軽減するとの説を知ってはいたものの、運動したくても全然動けない。食事はとれず、「これくらいの体調なら一晩ぐっすり寝たら明日の朝にはよくなっているだろう」との経験則もまったく通用しない。薬が抜ければ回復するのはわかっていたが、それはつまり薬が抜けるまでは何をしてもダメということでもある。

それで、ずっと寝ていた。身体はやせ細ったかというと、以前にも書いたように四キロほど減っただけであり、ベスト体重にはもうちょっと少なくてもいいくらいであった。何でだ。

という状況が半年前である。そこから雪どけまで二か月弱の期間をおき、四月のはじめに散歩を開始した。底だった体力は少しずつ戻り、八月の今は食欲も十分、階段だって息切れなくすいすい上れるようになった。だが、それがどの程度の回復状況なのかがわからない。ましてや散歩や縄跳びの成果は出ているのか。私は自分がどれくらい元気であるか知りたいのだ。

そう思ってこれまでを振り返ってみると、確かに細かい変化がいくつかあることに気づく。

まず「徒歩圏内」の感覚が異様に広くなった。以前は歩いて五分のコンビニまでも車で乗り付ける昭和の漫画の富豪のような生活であったが、今は片道二十分のスーパーまで歩くのも平気である。スピードも上がった。たまに登校中の小学生に追い抜かされたりするのは、今時の子の脚が長いから仕方がないのだ。

縄跳びを始めてからは、大量の汗もかくようになった。本当に代謝が上がったのかもしれないし、単に夏だからかもしれない。しかし、化学療法中は髪の毛が

ないことも相まってとにかく寒く、熱いお風呂に長く浸かっても全然汗が出なかったことを思えば、体温調節機能が復活している感じがして非常に好ましい。

さらには、腕が細くなった。縄跳びの腕回し効果だろう、かつてぱつぱつだった充実の二の腕が、今やたるたるの振り袖である。いや、それはそれで問題ありとしても、飲み会帰りの私が着替えもせずに、必死に水の止まらないトイレタンクを修理しようと試みていた時に、在りし日の父がそのぱつぱつ具合を見て「太ったたね」と言った屈辱のブラウスも、今やゆるゆるである。「痩せたね」と言わせるためだけに亡父をあの世から引きずってきたいくらいだが、正確には痩せたというより浮腫《むく》みがとれたのだとは思う。しかし、そもそもブラウスの袖がきつくなるくらい浮腫んでいる方がおかしいのである。

下半身に関していえば、ふくらはぎに徐々に筋肉が戻ってきた。副作用の「筋力低下」のせいで元々少ない筋肉がごっそり落ち、たぽたぽのおばあさんのようになっていたのだ。それが少しずつ張ってきている。と同時に、腰からお尻にかけての脂肪が減り、下半身のラインがなんとなく引き締まったような気もしないでもない……と謙遜して書いているが、たぶんなった。今までがぶよぶよ過ぎたのだ。

こうしてみると、この四か月の運動はそれなりの効果があった気もする。病み上がりの身としてはなかなかではないか。今でこれなら、一日三万歩ウォーキングしたり（そういう人をネットで見た）、毎日二千回縄跳びをしたり（そういう人もネットで見た）した場合、人類初の体力モンスター誕生も夢ではないかもしれない。すごい。一気にテンションが上がる。まあ、やりはしないけれども。

そういえば先日のお盆休みの日、妹と朝の散歩へ行った後で、いつもどおり縄跳びにとりかかろうとしたら、

「お姉ちゃん、すごい体力だねえ！」

と感心された。今までただの一度も人に言われたことがない、生まれて初めての賛辞である。嬉し過ぎて、その日はいつもより多めに跳んだ。このまま頑張れば、片手で軽々と倉庫のシャッターを開け、

「体力だけは自信があるよっ！　ＦＢＩだっ！」

とドアを蹴破る日も近いかもしれない。

第8回　北の妖精、東の李徴

二〇二二年九月

担当編集者のS氏と初めて会うことになった。出張で東京からやって来るのだそうだ。コロナ禍真っ只中の担当交代で、一度も直接お目にかからぬまま、もう一年以上経っている。

何度か「オンラインでご挨拶を！」との申し入れもあったが、そうなると私の場合、ミーティングアプリというかＺｏｏｍ的なものをインストールするところから始めねばならず、同時にこのぐっちゃぐぐちゃの部屋の映ってはいけない部分を映さない工夫も施さねばならず、そしてそれは私の古いＰＣでも可能なのかを調べねばならず……と考えるだけで面倒になって、「まあコロナが収まって世界中が自由と平和で満たされたら会いましょう」と夢物語のようなことを言ってごまかしていたのだ。

そのうちに、私の病気が発覚。治療が始まると身体は怠いし、副作用で顔は浮腫《むく》んでいるし、髪は抜けて海坊主だし、何をするにも息は切れるしで、にこやかに人と会ったり挨拶を交わしたりする気力など微塵《みじん》も湧かなくなってしまった。

そうした諸々の事情もあって、私としてはもうこのままでいいだろうという気になっていたのである。このまま会わずに済ませる。ポジション的には、いわば北の妖精である。会ったことはなく、顔も知らず、本当にいるのかいないのかもわからない。けれども月に一度だけ、かすかに北国の風をはらんだ原稿がどこからともなく舞い込んでくる。

「ああ、今月も妖精からの便りが届いた。妖精は一体どこにいるのだろう」

原稿を胸に抱き、空に向かってそう呟くS氏。

「私はいつだってあなたの心にいるわ」

遠い北国からそっと答える私。

S氏にとって、そんな存在でいいのではないかと考えていたのである。

しかし、実際にはこの一年、

「原稿の進捗はいかがでしょうか」

「すみません！」

「まだでしょうか……」

「すみませんっ!!」

「いつぐらいになりそうでしょうか」

「わかりませんっっ!!」

と、妖精というよりは、注文を忘れていた蕎麦屋《そば》の出前みたいになっており、直接会って文句の一つも言いたいS氏の気持ちもよくわかるのである。

出張は今月半ば。顔合わせ場所は、我が家の近くの公園と決まった。コロナ禍のご時世、基礎疾患ありの高齢者と暮らす私を慮《おもんぱか》ったS氏の「屋外で」との提案だが、実は最初は別の案が示されていた。曰く、

「朝、北大路さんの散歩コースで待ち伏せさせてもらって、散歩する北大路さんに道路を挟んだ遠くからご挨拶させていただくのはどうでしょう！」

どうでしょうと言われても変でしょう。第一、わざわざ来てくれた相手の顔だけ見て、いや、手くらいは振るとしても、それで帰すというのも非情な話だ。もちろん、そこまでコロナ感染予防を徹底してくださるのは本当にありがたい。肝心の私が友達と蕎麦を食べに行ったりしているなどとは、口が裂けても言えない雰囲気だが、それはまあいいとして、

「せめて公園で会いましょう」

私がそう返事をすると、

「ありがとうございます！　では私、当日は李徴スタイルで行きます！　私が公園の叢に潜んでいますので、北大路さんが何か声をかけてください！」

突然、「笑点」の大喜利みたいなことを言い出したのはどうしたことか。李徴が出てきたのは、この連載で『山月記』のことを書いた直後だからとして、それにしても言っている意味が

わからない。大喜利だとしてどう答えたら座布団をもらえるのか。そもそも李徴スタイルとは何なのか。謎が多過ぎて、むしろ怖い。この件に関しては聞かなかったことにして、当日を待つことに決めたのである。

ただ、このまま何もせずにS氏を迎えるのも心が痛んだ。運動がマンネリ化しているからだ。散歩と縄跳びは続いており、どちらもまあまあ順調で、特に散歩に関してはつい先日、伊能忠敬万歩計による日本一周が完了したところではあった。

東京を出発して五か月弱、50倍モードという、本物の忠敬からは「それはもはや『ズル』と同義では？」と問い質《ただ》されそうな設定とはいえ、無事に日本の海岸線をぐるりと回って東京への帰還を果たした。その後は新たなミッション、

「オキナワヲ　チョウサスルコトダ!!」

を遂行すべく、沖縄本島も一周。今月はじめに、現代の日本地図を完成させたのである。歩き始めたのは桜も咲いていない、春まだ浅い季節であった。雪が降る前になんとかできたらいいなとぼんやり考えていたのが、思いのほか早い完成となったのは、歩き続けて

いるうちにやはり体力がついたのであろう。

「サスガ！　ワガデシ！」

と忠敬にも褒められて鼻高々である。唯一、残念なのは、

「ホッポウリョウドヲ　チョウサスルコトダ!!」

との命令がなかったことで、沖縄を回るなら北方領土も回らせてくれと、北海道民としては思うのだった。

という具合に散歩や縄跳びは順調だが、逆に言えば散歩や縄跳び以外は順調ではないのである。はっきりいって何一つやっていない。S氏としては、そろそろ何か別のトレーニングに取り組み、連載に新風を吹かせてほしいと思っているに違いない。いや、思っているのだ。その証拠に、先月だったか先々月だったか、「シコアサイズ」なるもののDVD付きブックが送られてきた。

シコアサイズとは、相撲の四股《しこ》を元にしたエクササイズである。大相撲の元貴乃花親方が考案したもので、一時はメディアでも取り上げられていた。そのお手本というか教則本的なDVD付きブックが、突然我が家に届いたのである。差出人は当然、S氏。発売は二〇一〇年である。

受け取ってすぐ、

「うわ！　貴乃花、何やってんだよ！」

と、なぜか驚いて本棚に差しっぱなしにしていたそれを、今回久しぶりに取り出すことにした。S氏に会うにあたって、

「今、いただいたDVDを見ながら、シコアサイズを始めたところなんですよ！」

と報告するのが、人としての誠意ではないかと考えたからだ。

パッケージには発売当時の貴乃花。トレーニングウェア姿の引き締まった身体で、右脚を高く上げて四股を踏んでいる。かつての土俵入りを彷彿とさせるフォームでありながら、柔らかい岩のよう（というのも変な表現だが）だった横綱時代の身体つきとはまた別の美しさを放っている。これはこれで確かに見事だ。

「よくぞここまで持ち直した……」

パッケージを手に、感慨にふける。思い返せば引退後の貴乃花は、二年ほどで別人のように痩せたのである。

最初は、髷《まげ》を落とした髪にかけた唐突なパーマばかりに目がいっていた私も、やがて彼の異常な痩せ方に気づいた。聞くところによると、二年で八十キロ体重を落としたらしい。八十キロといえば私が二人分であ

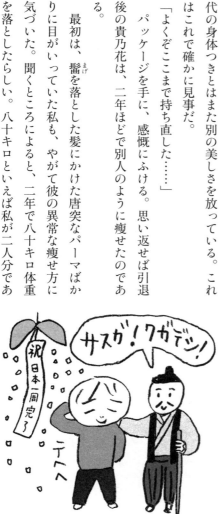

る（大嘘）。

私が気づくくらいだから、世間も当然気づく。親方の恐ろしいほどの減量スピードと、みるみる変わっていく風貌は、ワイドショーなどでもかなり騒がれた。どこか身体が悪いのでは？　ひょっとして摂食障害では？　などの噂まで広がり、このシコアサイズよりはるかに話題になったといっていい……と、さっきから失礼発言を連発している気がするけれども、とにかくダイエットというにはあまりに急激な体重減少に、世間はざわついたのだ。そして、それを当時の妻である河野景子さんが笑顔で否定していた。

「親方はストイックな人だから自分でカロリー計算をして減量しているんです。すべて予定どおりです。口にするのはほとんど野菜サラダと鶏ササミです」

ＤＶＤ付きブックが送られてきたのが先月か先々月かも曖昧なのに、どうでもいいことはなぜこんなに覚えているのか。自分でも恐ろしいくらいだが、せっかくなので続けると、病気疑惑を払拭するためか、一度、相撲部屋の稽古風景がマスコミに公開されたことがあった。

多くのカメラが見守る中、白い締込み《しめこ》姿で稽古場に現れた貴乃花親方だが、健康アピールをするには、ずいぶん痩せて見えた。どっしりしていた横綱時代の面影はほとんどなく、肋骨《ろっこつ》が浮き、肩は下がり、ため息が出るほど美しかった四股も、脚を高く上げた拍子に下半身がぐらついたりしている。個人的には横綱時代より幕下あたりの体格が好きだったのだが、まあ私の好みなどどうでもいいが、いずれにせよ現役時代とは別人のようであった。

しかも、四股を踏むたびに、ゆるゆるになってしまった締込みの隙間から、見えてはいけない何かが見えそうになっているではないか。

「映しちゃダメっ！」

思わず声が出そうになったが、あれは実際見えていた可能性がある。それほどの危機であった。どれほどだ。

それにしても驚いた。こんな何の役にも立たない記憶が、DVD付きブックのパッケージを見ただけで蘇った自分にである。その後、貴乃花は体重を十キロ戻し、さらには自らが編み出したトレーニングにより、再び美しい四股と体軀《たいく》を取り戻したとされる。その意味では、シコアサイズも本当に効果があるのだろう。

「元気になって本当によかったね」

改めて写真の親方に話しかけてみる。

「でもあなた、その後もまだまだ人生いろいろあるよ」

まるで呪いのような予言を呟いた後、私は逡巡《しゅんじゅん》しつつも再びDVD付きブックをそっと棚にしまい込ん

だ。パッケージを見ただけで、これだ。もしDVDで動く貴乃花を見たら、記憶の蓋がどこまで外れるかわかったものではない。怖いではないか。

結局、新しいトレーニングへの扉は開かれぬまま、S氏との対面の日を迎えた。よく晴れた、爽やかな九月の北海道の午後である。さほど広くはないが、小さな森のような公園へ向かう。緑濃い遊歩道を進むと、長身の青年がベンチテーブルにシートを広げているのが見えた。S氏だろうか。近づくと、向こうも私に気がついた。

「北大路さんですか?」

元気にそう言ってこちらに向き直った青年の、なんとそのシャツ前面に虎の顔。

「り、李徴……?」

いわゆる「大阪のおばちゃん」が好むとされるヒョウ柄のプリントシャツ、その虎バージョンを身に着けて、にこにこと立っているではないか。大きな口を開けた虎の、その周りには色とりどりの花びらである。

「派手な李徴……?」

思わず口にすると、

「そうです!」

S氏は嬉しそうにシャツの裾を引っ張ってみせたのだった。

こうして担当編集者となってから一年余、ようやくS氏との対面が叶った。北の妖精は連日の散歩で真っ黒に日焼けした顔で、李徴の用意してくれた缶ビールをどんどん飲んだのである。

ちなみに、S氏は私に対して文句らしいことは一切口にしなかったが、実は私も初めて会った瞬間から、彼に言いたいことをずっと我慢していた。せっかくだからここで言う。

「そのド派手なシャツ、どこで買いました？」

第9回　アレをナニする

二〇二二年十月

季節がどんどん流れていく。ついこの間までギラつく太陽の下を「暑い痒い暑い痒い」と言いつつ散歩をしていたのが、今は枯れ葉が舞い散る中を「寒いいやそうでもないやっぱり寒い……むしろ暑い」と歩いている。黙って立っていると肌寒いけれども動くと暑い、みたいな気温となって、体温調節が難しいのだ。

ちなみに夏の間、暑いと痒いが交互にやってきていたのは、温まると身体が痒くなるからだ。化学療法中から徐々にそうなって、今ではお風呂に入っても落ち着くことのできない身である。なにしろ湯船に浸かって一息ついたところでじわじわと痒くなり、それを冷ますために立ち上がり、でもやっぱりもう少し温まりたいなあと座り、ああダメだダメだ痒い痒いと立ち上がる。忙しくてリラックスどころの話ではないのである。

ついでにいえば同時期に発生した関節痛も、一向に治まる気配が見えない。毎朝、目が覚めると手の指がガミガミになっており、バネ指というのか、関節がうまく曲がらないのだ。布団から起き上がる時は膝が、歩き出しは足首が痛くて、今時はロボットでさえもっとスムーズに動くだろうというよろよろ具合で一日が始まる。

どちらも最初は薬の副作用だと思っていたのだ。しかし、治療終了後八か月経っても改善の兆しがないとなれば、もうこれは何か別の要因があるのだろう。たとえば、ほかの病気とか年齢とか年齢とか年齢とか。同じ治療を受けた皆さんの、「治療後も元の身体には戻らない。むしろ十歳くらい一気に老ける」という話を思い出し、

今になって、

「本当ですね！」

と膝を打っている。そして打った膝が痛い。関節痛で。なんということか。

蕁麻疹《じんましん》も相変わらずである。原因がわからないまま、なにかというと発疹が現れるようにもなった。

どうやら関節と皮膚が主にやられているようだ。昼間のテレビで、「スムーズな歩みのために」とか「膝・肩・腰のつらい痛みに」とか「肌悩み」とか「年齢肌」とか、高齢者の関節と皮膚を狙ったCMが

やたらに流れていて、これは一体どういうことなのかと訝《いぶか》しんでいたが、なるほどこういうことであった。今はすべてに納得し、首がもげるほど頷いている。そして頷いた首が痛い。関節痛で。

ああ、人は気づいた時には思いがけない場所に立っているものなのだなあ。

嘆息しつつ見上げる秋の空は、秋というより既に初冬っぽい。外壁一面に蔦《つた》を這わせている近所の家の、その蔦の枯れ葉がバッサバッサと落ちて、家周りや道路はもちろん、わりと離れた我が家方面まで落ち葉だらけになる季節である。

蔦の繁殖力は凄《すさ》まじく、以前、そこから飛んできた種が根付いて、我が家の壁を這っていたことがあった。根っこを抜こうとしたら思いのほか深くて大人なのに尻餅をついたことは、未だに恨んでいる。そういえば、件の家の近くにある電柱は下半分が既に蔦に覆われている。私を含め、誰も尻餅をついてまで電柱の蔦を抜こうとは思わないからだ。町内が緑の国と化す前に、あの蔦はもっと手入れをしてほしい。

と、季節の話がいつのまにかご近所さんの愚痴になっているが、とにかくそういう季節である。北海道の秋など一瞬で去ってしまい、もういつ初雪が降ったとしても、おかしくはない。思えば、春から順調にきていた散歩にも、最近は若干の陰りが見え始めている。朝、なかなか起きづらくなり、天気も不安定で雨の日が増えてきたのだ。晴れた昼間に買い物ついでに歩いたりはしているが、そんなことができるのは今のうちだけで、すぐに根雪になるだろう。

そろそろアレをナニしなければ。

アレをナニ。もったいぶってみたが、要はフィットネスバイクを漕がなければ、ということである。

「そう！　フィットネスバイク！　見て！　私の真っ赤なマシンを！」

とお見せできないのが残念だが、実は我が家の茶の間には、既に赤いフィットネスバイクが一台据えられている。先月、東の李徴こと担当編集者のS氏が選んで送ってくれたのだ。何一つ決められないことでお馴染みの私が、

「フィットネスバイク買いたいけど、どれがいいか全然わからんのよねー」

と、グズグズ迷い倒していたのを見かねてのことである。いやあ、物事って決めたら動くんですね。私は本当にグズグズしていた。たぶん半年くらいは「どうしよっかなー」と言ってたんじゃないかと思う。とにかく決められなかった。

なにしろ今までの人生で、フィットネスバイクを買

おうと思ったことなどただの一度もないのだ。「進みもしない自転車漕いでどうするの」くらいの気持ちでいた人間が、何をどうすれば自分に最適のバイクを選べるというのか。

もちろん希望はあった。あまり音の大きくないもので、価格はもちろんお安め。かといってすぐに壊れてしまうようでは困る。場所を取らず、できればコンパクトに畳めて、私一人で設置することを考えると、組み立て手順のわかりやすさと軽さが必須だ。

悪くはないと思う。購入希望者としては、むしろしっかりと自分の考えを持っているのではないか。そう自画自賛したくなるが、問題はフィットネスバイクでありながら、運動機能面についてー切考慮していないことだった。

一口にフィットネスバイクと言っても種類はさまざまで、アスリートがきっちりトレーニングするタイプのものから、ダイエットやリハビリ目的の我々素人向けまで幾種類もある。「我々素人向け」とわかっているのだから、それにすればいいかというと、その素人向けも、アップライトタイプとかXタイプとか背もたれタイプとかあるいはペダル部分だけとか、実に多種多様である。さらには負荷方式の違いやら連続使用時間の長短など、購入を決めるには「自分がフィットネスバイクに何を求めているのか」ということを、より明確にする必要があったのだ。

何だ、それは。部屋の中でテレビ見ながら自転車漕いで運動できたらいいなあ、くらいの軽い気持ちで臨む私が悪いとでも言いたいのか。言いたいのであろう。よし、わかった。そっちがその気なら私にも考えがある。何も考えないという考えだ。と、一切の検討を放棄し、友人が使っているのと同じものをそっくりそのまま買おうと決めた。ちょっとお尻が痛くなると言ってていたが、それくらいどうとでもなるだろう。

ところが、ネットで商品ページを検索し、いざ購入ボタンをクリックしようとしたその時、ああ、なんということでしょう。身長制限があることに気づいたではないですか。いや、正確には「制限」ではなく「適応身長」だった気がするが、とにかくそこからはみ出した場合は、期待される十分なトレーニング効果が得られないのだそうだ。残念ながら私ははみ出している。下限の百五十五センチに三センチばかり足りないのだ。

あのね、私も好きで背が小さいわけではないんですわ。前に仕事で嫌々乗ったジェットコースター、あの時に身長制限に引っかけてくれればよかったのに、あれは問題なくて今？　どう考えても恐ろしいのはフィットネスバイクよりジェットコースターなのに今？　バカなの？

誰に向かってかわからない悪態をつき、フィットネスバイクの購入を一旦棚上げにする。とはいえ、冬場の運動まで諦めるわけにはいかない。何かほかの方法はないかと、北に踏み台昇降がいいという人がいればお薦めのステップ台を買い、南にぶら下がり健康器がいいという友人がいればその話を聞いてみた。友人は、

「ぶら下がり健康器を買えば、人生の問題がすべて解決するような気がする」

と真っ直ぐな目で言っていた。人生の問題すべてということは、もしやぶら下がり健康器が

人間関係のもつれや仕事のトラブルや、あるいは借金のいざこざまで解決すると信じているのではと心配になったが、「腰痛も猫背も治るらしいよ」ということで友人の人生の問題は主に背中方面にあることがわかった。

それにしても、ぶら下がり健康器である。かつて空前のブームとなり、その後大量の洋服掛けを生んだぶら下がり健康器である。人々がこぞってぶら下がり、そしてぶら下がることに飽きた後は、こぞって洋服を掛けたぶら下がり健康器である。念のために友人にも提案してみる。

「最初からハンガーラック買えば？」

「服は掛けません！」

怒られてしまったのである。

まあ、友人のおかげでぶら下がり健康器の効果はよくわかった。が、問題は今の私に自分を支えるだけの腕力があるとは思えないことだ。たぶんぶら下がれないのではないか。小学生の頃は身体が軽かったせいか、手が届かない鉄棒でも抱え上げて摑まらせてくれさえすれば、懸

垂逆上がりができたものである。逆に言えば懸垂逆上がりしかできなかったのだが、それでも今から思えば夢のようである。

「あと五十歳若かったら……」

そう呟きながら、購入を諦めたのである。

では、踏み台昇降はどうか。カロリー消費はウォーキングより上で、筋力アップもでき、ながら運動をすることで認知症の予防にまでなるという。友人は十キロ痩せたと言っていた。それを聞くやいなや反射的にステップ台を買ったのだが、有酸素運動は最低でも二十分続けなければ効果はないらしい。試しに、テレビを見ながら踏み台を上ったり下りたりしたところ、

「長っ!!」

とにかく二十分がべらぼうに長い。

「あと膝痛っ！」

いつもの関節痛とは違うピキピキした痛みが膝に走るではないか。

「今日はここまでにしといてやるわ！」

恐ろしくなって十分程度で終了したが、それでもだ

いぶ汗をかき、翌日には筋肉痛に襲われた。個人的にはかなりの運動効果があると思われる。問題は退屈なことと、膝への負担だ。正直、これ一本で冬を乗り切るのは難しいだろう。できればほかの運動と併用したい。

「やっぱりフィットネスバイクか。でも決められないよー」

振り出しに戻った私が再びネット検索の海でぶくぶく溺れているところに、前述のとおり東の李徴氏が現れ、

「あ、僕が選んでいいですか？　そういうの得意なんですよー」

と言った数日後には、我が家にフィットネスバイクが届いていた。あれほど思い悩んだ私の半年は何だったのか、私の半年を返せという気がしないでもないが、東の李徴氏に返す筋合いはないのだった。

そんなわけで本日、満を持してフィットネスバイクを漕いでみた。八段階に調節できる負荷を「標準」の四に合わせて、いざ出発である。目標はやはり二十分。

最初は快調だった。ハンドル部分にスマホを置き、ＳＮＳなんかを眺めながら鼻歌まじりだったが、

「重っ！」

五分ほどでペダルが重く感じられ、次いで太腿が怠くなり、

「無理っ！」

八分余りで終了となったのである。

室内運動の道は、思った以上に厳しかった。私はまだまだであった。散歩と縄跳びで調子に乗っている場合ではなかった。冬に備えて少しでも体力と筋力を上げていかねばなるまい。そう決意して、とりあえずハンドル部分にタオルを掛けたりしているのである。

第10回　キミコ、光の国へ（前編）

二〇二二年十一月

妹のダイエットが成功している気がする。会うたびに顔が小さくなっているのだ。ちょっとやそっとの体重増減ではびくともしない気合の入った丸顔の私とは違い、妹の場合は体重変化が如実に顔に表れる。いわゆる「顔から痩せる」タイプなのだ。本人は「元気なのにやつれて見えるから嫌だ」と不満げであり、そう言われてみればそうかなとも思うが、「本当はやつれているのに顔だけ妙にパンパン」なのも辛い。治療中の私のことである。

副作用で何も食べられない時期も、

「元気そうだねぇ！　太った？」

と言われたりしていた。人生最大というべきゲッソリ期でそれであるから、食欲の戻った今はさらにパンパンである。しかも顔だけではない。最近は日課の縄跳びの際、ジャンプのたびにお腹あたりの肉がぷるぷるするようになってきた。筋肉が落ちて萎《しお》れていた部分に、改めて脂がのってきた感触がある。

「今日も元気に震えてるねー！　たるったるだねー！」

心の中で明るく声をかけてみるものの、危機感がないわけではない。手遅れになる前に何か手を打つべきであろう。何かというのはたぶん筋トレだとは思うが、本音を言えば「何もせずに筋肉をつけたい」のである。寝ながらにして運動量を確保し、寝ながらにして筋肉質になりたい。果たしてそんなことは可能だろうか……って可能なわけはないのだ。

念のため妹に確認してみる。

「ねえ、ひょっとして痩せ」

「痩せた痩せた痩せた!!」

えらい食いつきである。聞けばここ数か月の間、月に一キロずつの減量に成功しているというではないか。

「えっ、そうなの？」

顔が小さくなったとは思ったが、まさかそこまでとは。というか、毎月一キロずつ減らす余裕のある体重だったとは。

「そんなにでしたか？」

「そんなにでした」

歳が離れているせいか、私の中の妹は未だに病弱で痩せっぽちだった幼い頃のイメージであ

る。一緒に歩いている時に車が横を通ると咄嗟《とっさ》に手を繋いでしまい、

「え、何？　もしかして私が道路に飛び出さないように？　あははは！」

と本人に爆笑されたりしているが、脳内でなんらかの補正がかかっているのだろう。妹に関しては「とにかくどんどん食べて太って丈夫になるがよい」との気持ちが強い。

だが、客観的に見れば、妹ももはや職場の健康診断結果に怯える立派なおばちゃんである。どんどん食べて太っている場合ではないだろう。

「どうやって痩せたの？」

改めて尋ねると、

「ジム」

実に大人の答えが返ってきた。「縄跳び」とか言っている私より、もはやずっと大人である。家から車で数分のところにある、女性専用のスポーツジムの会員になったのだそうだ。

「最初はジムまで通ってたけど、それもなかなか大変で、今はオンラインのレッスンを家で受けてる」

なにやら通《つう》っぽいことを言い、

「ほかには動画サイトを見ながら、毎晩寝る前にリンパマッサージもしてる」

とのことである。素晴らしい。素晴らしいが、やはりここに到達せざるをえないのか、との絶望に似た思いも湧く。結局はプロの技とお金の力と自らの努力が必要なのか、との絶望であ

る。

実際、私もスポーツジムについては考えないではなかった。自宅の一階に亡父の会社兼倉庫があり、そこが今は丸ごと空いているので、「女性専用ジムでも入ってくれないかなあ」と譫《うわ》言《ごと》のように言っていたのだ。そうすれば毎日通えて、冬でも運動不足の心配はなく、ジムの上階に住むという特典で寝ているだけで筋力がつく可能性もある。ついでに居酒屋も併設してくれれば、言うことはない。

とはいえ、所詮は譫言である。現実は家の一階にジムは来ないし、寝ているだけで筋肉はつかないし、スポーツジムに居酒屋は併設されないのである。それくらいは私もわかっている。ジムが来ないなら自分から行くしかないのだ。知ってて言ってるんだよ！

となぜか逆ギレしつつ自分から行くことにした。妹に誘われての無料体験である。手続きは妹がすべて引き受けてくれ、トレーニングウェアも貸してくれた。

「大丈夫かな」

「大丈夫、大丈夫。最初からそんなにハードな運動はしないから」

前日には、ビビる私を励ましてくれたりもしたが、実は私の不安はそこにはなかった。どこにあったかというと、世界観である。事前に担当コーチである若い女性から電話がかかってきており、そのハイテンションでフレンドリーな様子に完全に腰が引けたのだ。なにしろ、

「キミコさん！　こんにちは！」

顔の見えない相手に、初手からファーストネームでの攻撃である。あ、いや、攻撃ではないが、呼びかけである。私も、

「ハーイ！　コチ子（仮名）さん、こんにちは！　キミコだよ！　会える日が今から楽しみです！」

と、返り討ちにできるタイプならよかったが、残念ながらそうではない。「ええと……世の中には名字という便利なものがあってですね……」と、心の中で呟くしかない性格だ。しかも実際は「キミコ」ではなく本名で呼ばれているため、プライベート感がより強い。一瞬で距離を詰められ、なんというか物陰からいきなり現れた謎の友達みたいである。そのせいか、

「キミコさんって妹さんの妹子（仮名）さんからの紹介じゃないですかー。今回どうして体験してみようと思ったんですか？」

「い、妹の紹介だから……？」

会話もどこか噛み合わない。

それでも、病み上がりであること、体力・筋力をつけたいこと、運動は元々好きではないこ

と、治療の副作用で関節がかたくなってしまったこと、膝や足首が痛いこと、春からウォーキングや縄跳びを続けていることなどを問われるままに説明した。コチ子さんは、

「わかりました！　では無理なくやってみましょう！」

と、私の事情に配慮して運動を進めてくれることを約束し、最後に、

「キミコさんと妹子さんって姉妹じゃないですか！　やっぱり喋り方が似てますね！」

と、なにやら急に個人的感想を述べて電話を切ったのである。

大丈夫だろうか。不安がよぎる。

いやまあ、さすがに大丈夫だろうとは思う。正直、あの調子でぐいぐい来られては辛いが、彼女も仕事なのだ。母親より年上であろう私のような運動音痴のおばちゃん相手に運動の楽しさと必要性をアピールし、その気にさせて入会まで持ち込まなければならないのである。ガチガチの体育会系では当たりが強すぎ、かといって事務的に淡々と話を進めても魅力が伝わらない。その結果としての「キミコさん！　こんにちは！」であろう。

第一、スポーツジムなのだ。社交場ではないのだか

ら、現実には皆、黙々とトレーニングをこなしている可能性もある。そう自分に言い聞かせながら、当日、妹に連れられてジムへ向かった。ドアを開けると、

「妹子さん！　こんにちは！」

「こんにちは！　妹子さん！」

「あ、そちらはキミコさんですね！　キミコさん、こんにちはー！」

「こんにちはー！　キミコさん！」

「こんにちはー！　キミコさん！」

なんと、願いも虚しく、びっくりするくらい大量の謎の友達が一気に物陰から現れたではないですか。見れば、スタッフの女性たちが一斉にこちらに笑顔を向けている。

「な、なるほど」

『ドラクエ』で間違ったエリアに入り込み、一瞬で強い魔物に囲まれた勇者みたいに立ち尽くす私。そこへ一人の女性が近づいてくる。担当のコチ子さんだ。コチ子さんは笑顔で言った。

「キミコさんですね！　こんにちは！」

「こ、こにゃちは」

動揺が声に出ている。ただ立っているだけなのに、私の馴染めなさがすごい。徹底的に場違いで、まるで光の国に転生した闇の世界の女王みたいだ。もういっそ謝ってしまいたいと強く思う。

「ごめんなさい。どうやら来る場所を間違えてしまったようです。こんなに明るいところにいると、私は溶けてしまいます。寒くて埃っぽい倉庫での縄跳び生活、私にはそれがお似合いなんです。お邪魔しました。どうか妹のことをよろしくお願いします。さようなら」

　そう告げて帰ってしまいたかったが、さすがにそれは申し訳ない。皆、一生懸命やってくれているのだし、そもそもそんなに流暢《りゅうちょう》に喋れる気もしない。

　着いたばかりだというのに、既に全身をうっすらと疲労が包んでいる。救いを求めるように妹を見ると、顔馴染みと思《おぼ》しきスタッフと談笑中だ。

　大人かよ！

　だから大人なのだ。車が通っても、手を繋がなくていい大人なのである。

「着替える？」

　視線に気づいた妹に言われてコクコク頷く私。もう声もまともに出ない。試着室のようなブースに案内され、カーテンを閉めて初めてほっと息をついた。中に設《しつら》えられた鏡には、非常に困惑した表情のおばちゃんが映っている。

「そんな顔せずに頑張ろうか……」

生気のない顔に語りかけながら服を脱ぐ……のだが、なんだかそれすらうまくできない。スペースが狭いのと、脱いでも脱いでも服だからだ。

「何枚着てるんだよ！」

自分でツッコみたくなるほどの厚着である。意味がわからない。無意識のうちに身を守ろうと厚着をしてしまったのだろうか。一体、私は何から身を守るつもりだったのか。隣で着替えていた妹はとっくに外に出た気配がする。焦れば焦るほど動作がぎこちなくなり、袖から抜こうとした腕が「びゅん！」となってカーテンをポスンと殴ったりする。その間も外の光の国では次々現れる利用者に、

「イチコさん、こんにちはー！」

「こんにちはー！　イチコさん！」

「ニコさん、こんにちはー！」

「こんにちはー！　ニコさん！」

「サンコさん、こんにちはー！」

「こんにちはー！　サンコさん！」

と、こだまのようにというか居酒屋のように、スタッフの方が明るく声をかけている。そうか、併設せずとも居酒屋はこの光の国にあったのか。

もしここに通うことになったら、とぼんやり考える。私も毎回あんな風に名前を復唱される

のだろうか。この場にいる全員に「キミコ」の到着が告知されるのだろうか。

暗い気持ちでカーテンを開け、よろよろと外へ出る。光の国ではコチ子さんが眩しい笑顔で待っていてくれた。

「着替え終わりました？」

「はい」

「では改めまして。こんにちは！　キミコさん！」

何回挨拶すんねん！

と遣ったこともないインチキ関西弁とともに、無料体験は次回へ続くのだった。

第11回　キミコ、光の国へ（後編）

二〇二二年十一月

スポーツジムがこんなに明るく陽気な光を放つ場所だとは知らなかった。初めてのジム体験日、トレーニングウェアへの着替えを終え、

「こんにちは！　キミコさん！」

と、コーチのコチ子さんから本日何度目かの元気な挨拶を受けながら、私は改めて実感していた。

私を真っ直ぐに見つめるコチ子さんには屈託がない。いや、仕事なので本当はいろいろあるのだろうが、表面上はない。きらきらと眩しく、声も大きく、常に笑顔だ。まるで光の国の使者のようだと思う。やはりここは光の国なのだ。

一方の私はといえば、光とは無縁の人生を送ってきた。勉強でもスポーツでもさほど目立たず、身体は小さく、手先も不器用だった。小学校の家庭科の運針テストでは、針孔《めど》に糸を通す

段階で躓いたくらいだ。いくらやっても糸が通らず泣きそうになっていると、見るに見かねた隣の席のM君が高速で糸通しを差し出してくれた。どうして高速かというと、それが不正行為だからである。糸を通すこと自体が試験の採点要素だったのだ。

ああ、M君、元気ですか。私はまあまあ元気だったところから一度元気がなくなって、再び元気になるためにスポーツジムにやって来ましたよ。そして、そのきらめきに目が眩《くら》んで、既に帰りたいですよ。ここは光の国。M君のような親切で器用で足が速くてスポーツ万能の人のための場所なのです……。

「キミコさん！　どうぞこちらへ！」

あまりの場違い感に、遠い過去へ旅立っていた私を、明るいコチ子さんの声が現実へ引き戻す。

「あ、はい……」

いかにも腰が引けた返事とともに、トレーニングフロアへと向かった。設置されているマシンは十二台。それが円を描くようにというか焚き火を囲むようにというか、とにかくサークル状にぐるりと配置されている。焚き火の位置にはインストラクターが一人いて、マシンを使う皆さんに時折大きな声でなにやら指示を出していた。

何を言っているのだろう。気になるが、よくわからない。鳴り響く軽快な音楽と、誰かが現れるたびに交わされる、

「こんにちはー！　ヨンコさん！」

「こんにちはー！　ゴコさん！」

の名前コールでかき消されてしまうからだ。謎の言葉を聞く光の国の民の中には、我が妹もいる。妹にはあれが聞き取れているのだろうか。

そっと様子を窺うと、妹は時折インストラクターの顔を見て頷いたりしている。やはりあの謎言語を理解しているようだ。いつのまにそんな能力を身につけたのか。ひょっとすると、この光帝国（帝国？）の国民となることで初めて会得できる言語なのか。

そう考えた途端、俄然興味が湧いてきた。私もあの中に入って焚き火を囲み、もりもり身体を動かしながら、

「運動しないヤツは！」

「生きてる価値なし！」

「健康は宝！」

「筋肉は愛！」

「食え！　焼肉！」

的なことを秘密の言語で言われてみたい。いや、そんな話をしているかどうかは知らないが、もしそうだったら楽しいではないか。

と、本日初めて前向きな気持ちになり、トレーニングへの意欲も一気に高まったところで、

コチ子さんが言った。

「キミコさん！　まずはここでお身体のお話を聞かせてくださいね！」

「え……」

コチ子さんが指さしたのは、フロア隅の小さなテーブル席である。絶対に客に長居させないとの覚悟が見える、近所のスーパーのフードコートのテーブルくらい狭い。そこで向かい合う二人。

お話って何？　運動は？

ワクワクした気持ちが再び急速に萎んでいくのがわかった。しかも、尋ねられるのは、そのほとんどが既に電話で話したことばかりだ。

「キミコさん、どうしてトレーニングしてみようと思ったんですか？」

「どうしてって……」

妹に誘われたからであり、病気と薬の副作用で落ちた体力を戻したいからであり……っていうか、またそこから？

釈然としない気持ちで質問に答え、さらにカウンセ

リングシートというか問診票へも記入を済ませた。けれどもなぜかコチ子さんは満足せず、しきりに、

「どうですか？」

と尋ねてくる。

「どうって……」

「これからどうなりたいですか？」

「どうって……」

「気になるところはどこですか？」

「どこって……」

後から思えば「お腹をすっきりさせたい」とか「脚を細くしたい」とか体形的な答えを望まれていた気もするが、それは今の私には重要ではないと何度も説明したのだ。嚙み合わないやりとりに、返事がどんどん無愛想になっていくのが自分でもわかる。しかし、コチ子さんは笑顔を絶やさず、

「今やってる運動の満足度、十段階の七に丸をつけてますけど、どうしてですか？　足りない三はどこですか？」

などと言ってくる。

「ただの謙遜だよ！」

と言いたくなるところを抑えて、

「ふっ……効率……とか？」

と、一度鼻で笑う感じを挟む言い方でもって答えたりして、我ながら大変嫌なヤツだ。先ほどまでの光の国に怖気づいていた私はもういない。闇の女王が覚醒した感すらある。もう怖いものはない。というか、自分で自分が怖い。

にこりともしない私にコチ子さんは一瞬怯《ひる》みつつも、

「では今から少しの時間、動画を見てくださいね！」

と、今度はタブレットを目の前にセットしてどこかへ行ってしまった。

「え……？　トレーニングは？」

時間とともに運動から遠ざかっているように思えるのは、気のせいだろうか。妹からわざわざ借りたトレーニングウェアがバカみたいだ。汗をかくかもしれないとタオルまで用意してきたのだ。

戸惑いながらも動画を見ると、白衣姿の男性が人体における筋肉の重要性を語っていた。筋肉量の減少は、肉体的健康はもとより、認知症のリスクにもかかわる

大問題なのだそうだ。男性は言う。

「筋肉量を増やすには日々の運動が欠かせません。しかし残念なお話ですが」

ふむふむ。

「ウォーキングだけでは筋力はつきません」

突然何を言う！

思わず中腰になったのは、これが毎日一時間歩いている私への挑戦状だからだ。いや、違うかもしれないが、たぶん違わない。おそらく世の中にはウォーキングだけで満足している人がたくさんいて、そういった人向けの動画なのだ。そのための事前カウンセリングでもあったのだろう。本当なら縄跳びについても触れたかったのかもしれないが、世の中に毎日縄跳びをしている大人はボクサーと私以外そうそうおらず、動画にする意味がないのだろう。

とにかくウォーキングのような有酸素運動だけでは不十分であり、トレーニングマシンを使った無酸素運動と組み合わせるべきだと彼は訴える。見ればフロアのマシンとマシンの間には、確かに四角いボードが敷かれ、人々は三十秒ごとにマシンでの筋トレと、ボード上での足踏みを行いつつ、横移動を行っている。無酸素運動と有酸素運動だ。

「ウォーキングだけではダメです」

白衣の人は繰り返す。そのたびにこれまでの努力を否定された気がして、私の心は荒んでいく。動画に会員女性が登場して、

「十四キロ痩せたらお友達からも『痩せた？』と言われました」

と、ジムでの成果を誇った時にも、「そりゃ十四キロ痩せたら誰でも言うわ！　礼儀じゃ！」と喧嘩腰である。いつ戻ってきたのか、そんな私にコチ子さんが言う。

「どうでしたか？」

「どうって……」

正直いえば、「どうもこうもあるか。早くトレーニング体験させろやコラ」という気持ちである。が、まさか言葉にするわけにもいかない。黙っていると、コチ子さんはその後もこの「どうでしたか？」を発するようになった。

筋肉は四十歳からどんどん落ちていくという話をしては「どうでしたか？」。身長、体重、腹囲、太腿のサイズを測っては「どうでしたか？」。体脂肪を測定しては「どうでしたか？」。体脂肪の時はわざわざ二度「どうでしたか？」と言ったので、三十二％という数字に何かを感じ取ってほしかったのだろうが、私にしてはむしろ少ないくらいだ。

体力測定では、椅子を使っての片足スクワットが一

回もできなかったことに対して「どうでしたか？」。前屈が平均に数センチ足りなくて「どうでしたか？」。腹筋は人並みだったことも、総合的な体力年齢が実年齢より二歳上だったことも、全部「どうでしたか？」である。私としてはそのたびに、

「どうって……」

と答えるしかなかった。ほかに言いようがないというか、言うとすれば「どうもこうもあるか。早くトレーニング体験させろやコラ」なのである。

だが、コチ子さんは立派だった。どんどん愛想がなくなる私に、果敢に「どうでしたか？」と訊き続けた。しかも屈託のない笑顔で、である。これはなかなかできることではない。一度だけ、

「ここまでやってみてどうでしたか？」

「どうって……」

「…………」

「…………」

「あのー、キミコさんっていつもそんな感じなんですか？」

と突如、屈託を見せたが、むしろそれは当然である。遅すぎたくらいであり、我々が打ち解け合えないこともはっきりしたので、あとはさっさとトレーニングして解散するだけである。焦《じ》れる私にコチ子さんがついに言う。

「では、実際にマシンを使って運動してみましょう！」

いやあ、長かった。体験開始から実に四十分以上が経ったところで、ようやく私も焚き火を囲んでの横移動である。前のめりにマシンに近づく私。が、その動きをコチ子さんが制した。

「今日は二台だけマシンを使っていただきますね！」

「え？　二台？」

どうやら無料体験の初回はそういうことになっているらしい。二台のトレーニングマシンを三十秒ずつ使い、ボードでの足踏みも三十秒ずつ。計二分。

「はい、お疲れ様でしたー！」

私の初ジム体験は二分で終わった。

「どうでしたか？」

「どうって……」

その後、再びテーブルで「今、入会するとどれだけお得か」との話を十分ほど聞かされたが、返事を渋ると、

「どうして入会しないんですか？」

とストレートに問い詰められたりして、最後は光の

国の使者コチ子も、かなり闇に引っ張られていたようであった。

帰り際、五回分の無料券をもらう。次からはトレーニングマシンを全部使えるらしいので行く気満々で予約もしたが、直前に都合が悪くなって延期したら、二度と電話がかかってこなくなった。口コミなど見ると「勧誘がしつこい」との声も多いのに、不思議なことである。

第12回　キミコの豆の木

二〇二二年十二月

懸案の冬である。

日に日に日暮れが早くなり、気温が下がり、雪が降り、散歩など到底続けられる気候ではなく、それでも何か運動をと思うもスポーツジムからの勧誘は途絶え、というかそもそも足が痛い。足というのは足の裏のことで、実は夏の終わりあたりから両の足裏が不調なのである。

最初は何かを踏みつけたのかと思ったのだ。何かというのは具体的には、猫のトイレのチップとか猫のドライフードの欠片《かけら》とかである。我が家の猫は、時々その天才的頭脳と技能でもって、離れた場所にあるトイレチップやらドライフードやらを廊下に落としていく。そのたびに、

「もー！　はなちゃん（猫）ったらあ！　どうやってここまで運んできたんでちゅかー！　天才でちゅねー！」

と褒め称えるのに余念はないが、天才は天才として、これが結構わずらわしいのだ。

その日も、朝起きて絨毯敷きの寝室からフローリングの廊下へ一歩出た途端、コリッとした感触が足の裏に走った。

「また天才の仕業でちゅかー?」

そう思って足の裏や床を確かめてみても、それらしきものは見当たらない。何だろうと廊下を歩いているうちに、どうやら違和感の原因が右足の中指の付け根あたりにあるとわかった。感覚としては、足の裏に貼り付いた豆を踏んづけたまま歩いている感じだ。ただ、見た目にはまったく変化がない。

自慢ととられると心外だが、元々、私の足の裏はつるつるのふわふわである。本当に自慢ではないが、何のケアをするでもなく、いわゆる魚の目やタコや角質などといったトラブルとは一切無縁の生活を送ってきた。全然自慢ではないのに友人たちには、

「歩かないからだ! あんたの足の裏は赤ちゃんだ! 世間の厳しさを知らない赤ちゃんと同じなのだ!」

と糾弾されている。釈然としない。足の裏と世間の関係もよくわからないし、そもそも八十歳を過ぎた母も同じ足の裏なので、自慢ではないけれどもたぶん遺伝ではないかと思う。

その足の裏に異変が起きた。もちろん初めてのことである。違和感部分を指で探ると、奥深くに何かかたいものが触れ、強く押すと少し痛い。おそらくここに豆があるのだろう。ただ、それが何であるのか見当もつかない。豆の中味を探るべく、

「足の裏　豆　痛み」
で検索をかけてみると、水ぶくれを伴ういわゆる外傷的な「マメ」の話題で溢れかえっていて、まあそりゃそうであろうと自分の検索の甘さを恥じた。一応、足トラブルを対象に「マメ」「タコ」「魚の目」などで画像検索も試してみたが、どれにも一致しない。強いて言えば魚の目の前兆のような気もしないでもないが、なにしろ見た目は正常。足の裏は相変わらず、つるつるのふわふわなのだ。

　結局、ネットでは有力な情報を得られず、「人は足の裏に異物感がある時、『豆』ではなく『小石』にたとえがち」ということだけがわかった。足の裏の違和感は「小石を踏んだような」だ。「豆」を用いているのは、ほぼ私だけである。食べ物を踏むイメージを無意識に忌避しているのだとしたら、「冬、馬橇《うまぞり》の後をついて行くと、丼一杯くらいの馬糞が湯気を上げながらぼたぼた落ちてきた」という母の思い出話に、「できれば食器に入れないでほしかった」と思ったのと似ている……いや、似ていないかもしれないが、でも豆じゃなくて石だとゴツゴツしていてもっと痛いと思う

のよと、やはりここでも釈然としない。

迷った末、しばらく様子を見ることにした。まだ病院に行くほどではない気がするし、行こうにも家の近所にあった評判のいい整形外科は、離れた場所に移転してしまった。まあ、評判がいいといっても、私は「先生の指名なし。とにかく早く診てくれ」と受付で伝えるせいか、「べらぼうに横柄な医者」と「患者の訴えを思い切り鼻で笑う医者」の二人にしか診察してもらったことがなく、あまりの感じの悪さに腕の良し悪しなどどうでもよくなってしまった。移転先まで行くことも考えたが、

「あのう……足の裏で豆を踏んでいるような感覚があるんです」

「はあ？　豆？　豆って何よ？　ふつう小石でしょ？」

などと例の医者に言われるシーンばかりが浮かんでやめてしまった。こう見えてメンタルが弱いのだ。ちなみに近所にはもう一軒、整形外科があるものの、数年前に膝の痛みで受診した母が、

「膝の関節の中がぐっちゃぐちゃになっている！　こんなぐっちゃぐちゃは見たことがない！ぐっちゃぐちゃだ！」

と言われ、こちらも母子で震え上がってそれきりになっている。このあたりの整形外科には「メンタル関所」があって、そこを通過する強靭《きょうじん》な精神力を持った者だけが受診できるシステムになっているのかもしれない。それにしてもぐっちゃぐちゃってどういうことだろう……。

幸い痛みはほとんどなかった。フローリングの床を裸足で歩くとちょっと違和感がある程度で、生活に支障はない。散歩や縄跳びも今までどおり続けていた。

ただ、そうこうするうちに豆は少しずつ大きくなっていった。小豆が大豆に育った感じで、このままどんどん成長してモダマになったら嫌だなと思った。

モダマは世界最大の豆だそうだ。ちょっとした石鹼《せっけん》くらいの大きさがあり、『ジャックと豆の木』のモデルにもなったという。写真を見ると、確かに蔓《つる》も太くて天にまで届きそうだ。足の裏からそんなものが飛び出したらたまったものではない。ジャックのように天まで登れたら少しは楽しかろうが、なにしろ自分の足の裏から生えているのだから、構造的に不可能である。

なんとかモダマ化を阻止しなければならないが、そんな私を嘲笑《あざわら》うように豆は新たな進化を遂げていた。左足にも出現したのである。右と同じく中指の付け根あたり。新豆はやや小ぶりで昔の『正露丸』の粒くらいの感触だが、その感触には馴染みがある。

「モダマだ」

いや、まだモダマではないが、こちらも右足同様、

少しずつ成長を遂げる可能性は高い。つるつるふわふわの両足の裏から、にょっきり二本のモダマが生えた我が身を想像するのはつらい。万が一そうなった場合、私にできるのは、誰かに登ってもらうことだけだ。しかし、母に、

「お母さん、私の足から豆の蔓が伸びたら天に登って死んだお父さんに会う?」

と訊いてみたところ、

「え……豆……蔓……………会わない」

とさまざまな疑問を呑み込んだ上での意思表示だけをしてきた。「生きてる時にさんざん会ったから今無理して会わなくてもいい」のだそうだ。そういうものか。

母を父に会わせる必要がないなら、無駄なモダマ化はやはり避けたいところである。だが、ここで私の足の裏にさらなる異変が現れる。少しずつ左足の親指の付け根が腫れてきたのだ。時期的には、ちょうどスポーツジムでの無料体験が失敗に終わった頃である。赤みはないものの熱を持ち、触るとはっきりと痛い。床に足をつけた時のゴリッとした感触が、豆以上の異変を告げていた。今まで無垢な赤ちゃんだとばかり思っていた私の足の裏に、明らかによくないことが起きているのだ。

「思春期か」

まあ、思春期でも更年期でも何でもいいが、まずは原因を突き止めねばなるまい。怪我をした覚えはないので、別の何かがあるはずだ。こんな時はインターネットである。

「あのね、ネットで何でもわかれば医者なんか要らないでしょ」
と脳内メンタル関所の医者に叱られながら検索。すると、どうやら「種子骨炎《しゅしこつえん》」とやらにぴったり症状が当てはまるようだった。足の親指の付け根にある、種子骨と呼ばれる小さな骨が炎症を起こすのだそうだ。そのままだ。

ただし当てはまっているのは症状だけで、罹りやすいとされる「小中学生」「バレエダンサー」「陸上やバスケットボールなどのよく走る競技者」「空手や剣道などの踏み込みの多い競技者」などにはかすりもしない。私は子供でもなければバレエダンサーでも競技者でもなく、ただ散歩と縄跳びと、あとは動画を見ながらの自宅トレーニングに励む一介のおばちゃんなのだ。

え？　動画を見ながらの自宅トレーニング？　何のこと？　と、お思いの方もいらっしゃるでしょう。そんなものをやるくらいなら、担当編集者のS氏が送ってくれた貴乃花の「シコアサイズ」をやれよ、との声もあるでしょう。すみません。別に隠すつもりはなかったのだが、言いそびれているうちに連載が進んでしまったのだ。実は夏頃から、天気が悪くて散歩に出ら

れない日などに動画トレーニングを細々と続けていた。勧めてくれた友人は、一日二十〜三十分のトレーニングで血糖値が下がり、脳内ではない本物の医者にずいぶん褒められたらしい。

「あれほんと効くから。メニューも選べるし、ダンスっていうか、音楽に合わせて身体を動かすから退屈しないし」

蕎麦を奢《おご》ってもらいながら洗脳されているうちに徐々にその気になり、一回十分の筋トレと有酸素運動を組み合わせたメニューに取り組み始めたのだ。

が、それがすごかった。何がすごいって、私のリズム感のなさである。トレーナーと同じ動きをしているはずなのに、まったく合わない。もちろん音楽にもノレない。テンポがずれ、左右の動きは逆になり、というか手足を別々に動かすことができず、指示とはことごとく逆方向に身体が傾く。そもそもすぐにふらつく。これがダンスだとすればあまりにみっともないし、トレーニングだとしても身体のどこにも効いていなそうで、そのくせ息だけが切れる。

「は、恥ずかしい」

音楽イベントで一人だけ手拍子のずれている人みたいに赤面したのが初回のことだ。それでも週に一〜二度の割合で実行しているうち、少しずつ動きがスムーズになり、冬になったらもう少ししっかりやってみようかと考える程度には慣れてきたところでの足の裏の不調であったのだ。

このままではせっかく続けてきた運動が滞ってしまう。豆はともかく、親指の付け根はなんとかしたい。歩き方が悪いのかと、ウォーキングシューズを新調したり足に履くサポーターを買ってみたりもしたが、靴ずれができただけで効果はよくわからなかった。

思い切って休むのがいいのか。あるいは病院で診察を受けるのがいいのか。そもそも本当に種子骨炎なのか。

「あのさ、何かスポーツしてるの？」

メンタル関所の医者は言うだろう。

「ダンスを少し」

答えるが早いかスマホであのトレーニング動画を流し、診察室で一心不乱に踊ってみせる強さがほしいのである。

第13回　長い言い訳

二〇二三年三月

一月と二月の記憶があまりない。記憶喪失的な何かでもってすっぽり抜け落ちたのではなく、予想外かつ緊急性の高い事態が次々押し寄せてきて目の前の処理に手一杯になり、脳が「いや、ちょっとそっちまで手が回らないですねえ」と、記憶に関する動きを止めてしまった感じである。もちろん運動も全然していない。気がつけばもう三月だ。

そもそもは昨年の十一月に母が入院したのである。持病の肺疾患のため、以前から在宅酸素療法を受けていたが、半年ほど経った十一月、入院して酸素流量の再調整をすることになったのだ。

酸素流量自体は、機械の目盛をくるっと回すと簡単に増やしたり減らしたりはできるのだが、だからといって「ちょっと今日は息苦しいから酸素を増やしましょうね」などと素人が勝手に判断してはいけないらしい。高濃度の酸素を必要以上に投与すると、逆に体内の二酸化炭素が増えて命にかかわる事態を招くのだそうだ。世の中には全然逆の話ではないのに「逆に」を連発する人もいる中、この場合の「逆に」は文字どおり逆である。本当に逆のパターンもあるのだと感心したのが半年前の初回入院時。その際、「逆」理論についても詳しく教えてもらったが、それに関しては、

「へぇ」

で終わってしまった。私に理解できたのは、息苦しくて体調の悪い日にも、

「少ないよりは多い方がいいに決まってるじゃねーか。酸素くらいケチケチせずに景気よくやっちまいな」

と勝手に江戸っ子を憑依《ひょうい》させるべからず、ということだけである。

入院は二週間の予定であった。その間、座っている時、寝ている時、歩いている時、食事している時、入浴している時など、生活のさまざまな場面での酸素飽和度を測定しつつ、最終的に「労作《ろうさ》時はこれくらい、安静時はこれくらい」と、適切な酸素流量が決められるのだ。息苦しさが増しての再調整とはいえ、特別な治療が施されるわけではないので、わりと呑気に構え

ての入院である。本人も、

「あの病院はBS放送が観られるからいいんだよねえ」

とにこにこ病棟へ入っていった。

ところが、実際には入院初日から謎の発熱があり、PCR検査の結果が出るまで、まずは個室隔離となった。夜、ビビった本人から電話がかかってきて、

「個室だなんてお母さん死ぬんだべか」

と、いきなりの弱気発言が飛び出し、その時は、

「コロナ疑いだからでしょ？　変なこと言わないでよ、わっはっは！」

と笑っていたが、検査結果が陰性と判明して大部屋に移っても、なぜか体調はなかなか安定しないようだった。コロナの影響で面会は全面禁止である。本人からの電話によると、体調は上向いたり下向いたりを繰り返しながら、全体としては下降気味のようだった。と同時に、

「テレビカードがまたなくなりそうなんだよねえ」

と、テレビカードがすぐなくなることへの不満も強く訴えていた。テレビ好きの母にとって、テレビカード問題は大きい。確かに病院のテレビカードは、「誰かが何かをどんどん消費しているのでは？」と疑いたくなるほど減りが早い。まあ、実際、テレビが電気を消費しているわけで、こちらとしてはせっせと差し入れるしかないのだが、それはそれとして予定の二週間が過ぎても、退院の話が一切出ない。それどころか、熱のせいで意識が朦朧《もうろう》とした日があったり、

急に身体が動かなくなったりと、本人からの報告にも不穏な気配が漂い始めてきた。

「テレビは観てる？」

「テレビは観てる」

なぜかテレビを観ているうちは安心のような気がするものの、曲がりなりにも自分で歩いて入院したのに、今やそれも覚束《おぼつか》なくなったらしい。身体の自由が徐々に利かなくなり、ベッドから起きられない日もあるという。

「ちょっとそれはどうなのか」

「うむ……」

「もしやアレなのか」

「うむ……」

「例のナニがソレすればコレなのか」

「うむ……」

と、はっきりと口にさえしなければ最悪の事態は避けられるとでもいうように、妹と核心部分を迂回《うかい》した会話を交わしつつ、何度か医師から病状説明を受けた。それによると、持病の状態にはあまり変化がないものの、全身がかなり弱っているとのことである。医師の口から、明るい展望はほとんど語られない。むしろ暗い展望のみがストレートに告げられた。

「あと三か月くらいかと……でも、いつ急変しないとも限らないです」

「え？　テレビ観てるのに？」

いや、テレビは関係ないだろうが、それにしてもの急展開である。

一昨年の自分の病気の時に思ったが、医師というのは口を開けば「悪い話」しかしない時期がある。検査を重ねるごとに、よくない状況が明らかになる場合があるからだ。私も何度か病状を下方修正され、最後は嫌になって、

「先生……たまには何かいいことも一つくらい言ってくださいよ。『昨日の夕飯のカレーが抜群に美味《おい》しかったんですよ！　とってもスパイシーでね！　頑張って治療してあなたも食べてね！』とかでいいから……」

と懇願しそうになったくらいだ。まあ、実際カレーの話をされても腹が立つのだろうが、いずれにせよ今回はスピード感がすごい。思えば父の時もそうだった。というか、父の方が猛スピードであった。母は三か月だが、父は「今日」と言われたのだ。

「このままでは今日中です」

「え？　一昨日までカツ丼食べてたのに？」

カツ丼食べていたのである。本当に人というのはわからないものなのだ。

命の期限を区切られたことによって、一気に日常が吹き飛んでしまった。すべてが「それどころではない」感じである。ご飯なんか食べてる場合じゃないよ、寝てる場合じゃないよ、仕事してる場合じゃないよ……。冷静に考えれば全部している場合ではあるが、なにしろ怒濤《どとう》の

急展開である。

「最期はどこで迎えますか?」

「うえええ? いまああぁ?」

って、そりゃ向こうにしても手続きの関係上、今、訊くしかないのである。

とにかく年末に退院し、年明けにホスピスのある別の病院を受診、そこで緩和ケアを受けつつ最期を迎えるというスケジュールが組まれた。まずはそれに向けての準備を進めなければならない。父の時は介護らしい介護をしなかったため、ほとんどが初めての経験でもある。

やることは無限にあった。

退院後に備えての介護認定や、訪問看護の手配や、障害者手帳の申請や、ソーシャルワーカーさんとのやりとりや、ケアマネさん及び福祉用具業者との打ち合わせや、緩和ケアを受ける病院の手続きや、あるいは年末の大掃除……はやめておくとしても、おそらく母にとって最後となるであろうお正月の支度などである。

母はよく、

「お父さん、たいしたいいところがないと思ったけど

（ひどい）、死に際は本当に羨ましいわー」

と言っていたが、父の場合は介護の苦労がなかった代わりに死後の面倒事が山のようにあったので、どちらがどうとも言えない。

「とにかく正月はパーッとやろう」

と妹と決めて、母の好物をたくさん買い込んでご馳走を作ることにした。昔から新年を盛大かつ楽しく迎える家だったので、子供の頃にそうしてくれたように母にもしてあげたかったのだ。幸い、食欲はまだ落ちていない。

「もう食べられないよう、むにゃむにゃ」

とのび太のように満足して旅立ってもらえたら最高ではないかと、不謹慎ながら本気で思ったのである。

そうして迎えた退院の日、家に戻った母の身体は予想以上に動かなくなっていた。コロナの影響で面会できず、病院で一緒に医師の説明を受けた時は車椅子に座ったきりだったため、あまり変化がわからなかったのだ。

「これではまるで病人ではないか。しかも年寄りの」

もちろん、年寄りの病人なのである。聞けば、左手足に力が入らないのだという。それが脳にできた腫瘍《しゅよう》のせいだと判明するのは後のことで、その時は長引いた入院生活で筋力が落ちたのではと医師から説明を受けていた。

トイレや入浴はもちろん、身の回りのことほとんどに介助が必要となった。食事は一人でとれるが、料理や食器は運べない。歯磨きは可能だが、洗面所に立ったり歯磨き粉をつけたりするのは無理。寝返りがうまく打てないので褥瘡《じょくそう》の心配もあった。わずか一か月半前までは、全部自分でできていたことである。

そんな母の世話をしながら、ふとした時に「自分はもうすぐ二親を喪《うしな》うんだなあ」と考えたりもした。妹に、

「両親ってほんとに死ぬんだねえ」

と言って、

「ちょっと！　まだ一人生きてるから！」

と叱られたりもした。そんなに怒ることもなかろうと思うが、とにかくレンタルした歩行器を車椅子に変更してもらうとか、介護ベッドを導入するとか、母の食べやすい高さのテーブルを用意するとか、いくつか工夫を重ねて、無事に新しい年を迎えることができたのである。

いいお正月だったと思う。

にこにこと新年のお膳を囲む母を見ながら、これが

お母さんの八十……何回目だ？　四回目？　五回目？　なんかそのあたりのお正月で、そして最後になるのだなあとしんみりし、と同時に生きて新年を迎えた年数が曖昧なのに、最後であることだけが確定しているのも変なものだと感じながら、大好きな毛ガニは母以上にバクバク食べた。振る舞うのが好きな母に勧められて、いつものようにビールも飲んだ。むしろ私が、「もう食べられないよう、むにゃむにゃ」状態となり、どんな時もカニと酒は美味しいことがわかってよかったのである。

そして、それが案の定、母と過ごした最後の正月となった。

母はその後、脳に見つかった腫瘍への放射線治療などをしていたが、二月はじめのある夜、カクンと酸素飽和度が下がり、訪問看護師さんに、

「酸素くらいケチケチせずに景気よくやっちまいな」

と初めての江戸っ子憑依を許されたが、状態はあまり改善されずに翌朝入院、さらにその翌日の夜遅くに亡くなったのである。入院直前まで好きなものを食べ、最期は眠ったままの穏やかな旅立ちであった。病室ではよかろうと思って大好きなテレビを流しっぱなしにしていたが、あれは今考えれば本人もうるさかったかもしれない。

母がいなくなって二週間後、自分の化学療法の終了から一年が経ったと気づいた。手術が終わって約一年半。母が生きていたらきっと喜んでくれただろう。

というか、そういえば術後一年でやるといっていたＣＴ検査など全然してないが、大丈夫な

のだろうか。主治医、カレー食べるのに忙しいのだろうか。などと思いつつ、まあ元気だからいいのである。

運動できなかった言い訳を延々書いてしまったが、そろそろ再開したい。

第14回　ボーナスタイム終了のお知らせ

二〇二三年四月

手術が終わって二度目の春が来た。

正確には術後一年八か月、化学療法終了からは一年二か月が経ったことになる。その間、四か月に一度の間隔で病院に通い、エコーや血液検査などをしてきたが、言い方を変えればそれしかしていない。術後一年の節目には、ＣＴを撮ったり骨を調べたりすると言われていた気がするのに、なんだかほにゃほにゃと過ぎてしまったのだ。まあ、主治医がそれでいいというのだからいいのだろう。

その血液検査では、先月、

「パーフェクトですね！」

と言われた。検査結果を見ると、確かにどの数値にも高値や低値を示す「Ｈ」と「Ｌ」がついていない。嬉しいけれどもどこか釈然としないのは、母を亡くしたばかりの時期で、体力的

にも精神的にも疲弊し、すべてのやる気が失われ、食事なんかも超適当で、自棄《やけ》気味にお酒も毎日欠かさず飲んだあげくの、

「パーフェクトですね！」

　であるからだ。そこは普通、

「少し異常が見られますね。何かありましたか？　ああ、お母さんが……」

　とかではないのか。見れば、病気前からの貧血まで改善しており、治療中は高めだったコレステロールや、低めだった白血球も軒並み正常値だ。いわゆる腫瘍マーカーだけは結果が出るまで日にちがかかるので本当の意味ではまだ安心できないのだが、このデータだけ見るとめちゃくちゃ健康的な生活をしている、めちゃくちゃ健康な人である。親が死んでへとへとなのにパーフェクト。「親の葬式健康法か」と不謹慎な言葉も出ようというものである。人間の身体というのは本当によくわからない。

　よくわからないといえば、最近じわじわと太ってきたのもよくわからない。

　突然の介護と看取りの日々を息を切らせながら駆け

抜けたというのに、まさか太るなんて。そんなことがあるかしら。と目をぱちぱちさせてすっとぼけてみたものの、実は理由はわかっている。ボーナスタイムが完全に終了したのだ。どんなボーナスか。

「食べたいものを食べたい時に食べたいだけ食べてもいい」

というボーナスである。

食べたいものを食べたい時に食べたいだけ食べてもいい。

思わず繰り返してしまったが、人生で言われたい台詞ベストテン入りしそうなその言葉を、私が看護師さんからかけられたのは、一昨年の年末あたり、化学療法がちょうど折り返しを迎えようかという頃である。

化学療法は全部で八回の予定であった。前半の四回は二週に一度、薬剤を替えて後半の四回は三週に一度である。以前はどちらの薬剤も三週おきだったが、今は投与の間隔を短くする方法が広まりつつあるのだという。術後の病理検査データを前に、主治医がそう言ったのだ。

「そうすると予後が改善されることがわかったのです」

「そうですか」

「はい」

「…………」

「…………」

「それはおめでとうございます」

急に訪れた沈黙に耐えられず、思わず医学の進歩を祝福しそうになったが、別に主治医は研究の成果を誇っているのではなく、「二週おきと三週おき、どちらがいいか？」と私に問うているらしかった。

「えーと、それは選べるんですか？」

「選べます」

「あ、じゃあ二週で」

迷いがなかったのは、手術で摘出した私の細胞について、その直前まで「性質のよくないタイプ」だの「化学療法しか選択肢がない」だの「三段階あるうち一番悪性度が高いグレード」だの、さんざん聞かされていたからである。

「せ、先生……お手柔らかに……」

と涙目になりかけたところでの、この提案である。

「じゃあ三週で！」

と言える人はあまりいないのではないか。少なくとも私には無理であった。主治医は私の返事を聞くと、

「では、大変な治療ですけど頑張りましょう。まだ若いのできっちりやった方がいいと思います」

と優しく頷いた。そして、

「あ、若いといっても患者さんとしては、という意味ですけど」

とニコリともせずに付け加えた。厳格さと正確さを求められる医師として、どうしても譲れないところだったのかもしれない。でもそこは譲ってもよかった。

さて、そうして始まった前半の化学療法、これが若い身空にもなかなかの「大変」さであった。深く考えていなかったが、二週に一度ということは、身体が副作用のダメージから回復しないまま次の治療が始まるということである。

とにかくものが食べられない。化学療法の副作用は本当に人それぞれで、ほとんど感じないという人から入院が必要になる人まで幅が大きいと聞く。私の場合は、味覚障害が強かった。午前中に点滴を終えて家に帰って、昼食を食べる頃にはもう味覚がおかしいのである。舌や唇が膜を張ったようにぼんやりし、やがてあらゆる食べ物から味が消える。何を食べても調味料の刺激だけが舌をザラザラと刺し、飲み込もうとすると喉が締め付けられ、胃腸は胃腸でその働きをぴたりと止めてしまったかのようだった。

しかもすぐに熱が出た。熱が出ると、今まで味わったことのない、象を背負っているような強い倦怠感に襲われる。

「象を背負うのは重いだけで怠いのとは違うのでは」

と今なら思うが、その時は頭もぼんやりしていたせいか、「象って何トンあるんだろう」とネットで象の体重を調べたり、テレビの料理番組などをぼんやり眺めては、「私はおそらく前世で飢饉《ききん》に苦しむ民草《たみくさ》から無情にも年貢を取り立て、一人ぶくぶく肥えた殿様であったのだろう。あの時は私が悪かった。これからは道で目が合った人全員にアイスとみかんを配るような、そんな人になります」と誓ったりしていた。

ちなみに、なぜアイスとみかんかというと、当時の私がまともに口にできたのは、その二つだけだったからである。栄養的な不安を感じつつも、そうするしかないのでそればかり食べていた。まともな食事をとれない罪悪感は予想外に大きく、実際、体重も減っていたが、結果的にはそのアイスとみかんが、私の元にあの言葉をもたらすこととなった。

通院日、化学療法室で看護師さんに血をちゅうちゅう抜かれている時であった。「ご飯はどうです？　ちゃんと食べられてます？」と訊かれ、

「いやあ、アイスとみかんでなんとか生きてますけど、このままじゃ栄養が偏って何か別の病気になりそうですよ。はっはっは」

と正直に答えた私に、看護師さんがきっぱりと言い

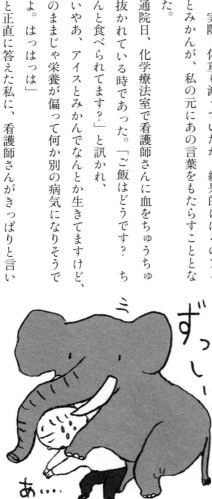

放ったのである。

「今はいいんです！　食べたい時に食べたいものを食べられるだけ食べていいんです！　栄養なんかは気にしなくて大丈夫！」

なんということでしょう。今までの人生で「好き嫌いをしない」とか「食事の時間は規則正しく」とか「腹八分目」とかは耳にタコができるほど言われてきたけれど、「食べたい時に食べたいものを食べられるだけ食べるべし」などと声をかけられたことはあったでしょうか。いいや、ない。少なくとも私はない。

「まじですか？」

「まじです」

私の血を持って去っていく看護師さんを見送りながら、静かな感動とともに私は化学療法室のベッドに横たわっていた。胸に湧くのはたった一つの思いだ。

いい身分を手に入れた。

不謹慎であろうか。でもほんと、いい身分なのである。起きぬけにアイス、おやつにみかん、昼は抜いて夜はまたみかん、寝る直前に布団の中でアイス。そんな生活が許されるのだ。たとえ王様でも、執事か誰かに「歯を磨け」と叱られる事案であろう。それが無罪。無敵感がすごい。病気なのに無敵である。

ボーナスタイムという言葉が浮かぶ。もうまともな食事がとれないことに罪悪感を抱かなくていいのだ。私は堂々偏食の道を進んだ。アイスみかんアイスアイスみかんみかんアイス、たまに納豆餅。なぜか納豆餅は舌のザラザラが少なくて食べやすかったのだ。歯磨きだってしたりしなかったり。もうやりたい放題である。

不思議なことに、そうするうちに副作用は軽減され、身体もどんどん楽に……という都合のいい展開にはもちろんならず、それどころか前半の化学療法のラスト一回は体調不良で一週延期する羽目になったりしたが、それでも無事に予定の治療を終えた。

最終的に体重は四キロ減。ただし浮腫《むく》みの分を差し引くと、実際はもっと減っていたと思う。副作用もしばらく残った。脱毛、筋肉痛、爪の変色、関節痛、湿疹、そしてなにより胃腸の具合が変であった。味覚障害が回復するにつれ、食欲も出て調子が戻ったと喜んだのはいいが、どうも戻りすぎた感があるのだ。

とにかくびっくりするくらいお腹がすく。昔、知り合いの若い男の子がジンギスカンの食べ放題で十一人前をたいらげ、最後は凍ったままの肉が出てきたことがあったけれど、彼の気持ちが初めてわかった気がした。しかも、食べても全然体重が増えない。

「一体どういうこと？」

体重計にのるたびに信じられないものを見る気持ちだった。まあ、浮腫みが引いているのに体重が変わらないのだから、その分太っているのだが、ものを考えないとはすごいことである。当時の私は、これはボーナスタイムがまだ続いているに違いないと信じ込んでいた。なにしろ、天ざる蕎麦とビールとその後にケーキをたいらげても平気なのである。

元来、私は食が細く一度にあまり多くの量を食べられない体質である。すぐに胃もたれを起こし、そのくせ食べたら食べただけ身になるような、スポンジの肉体の持ち主でもある。そんな私が天ざる蕎麦とビールとケーキである。ついに夢の肉体を手に入れた、と無邪気に喜んだのも無理はない。大変だった治療と引き換えに、憧れの健啖家《けんたんか》となったのだ、と。

だが、やはりそれは錯覚だった。

悲しいことに、ここ一～二か月、私の胃腸は元に戻りつつある。食べる量は減り、甘いものもさほど欲せず、胃もたれが復活すると同時にスポンジとしての肉体も戻ってきた。食べれば食べただけお腹周りがみちみちとしてくる。副作用でなけなしの筋肉が落ちたこともあって、純粋な脂肪としての存在感だ。

今、私は、「ボーナスタイム終了」という現実と対峙している。予後の改善のためには、定期的な運動と同時に体重のコントロールも大事なのだそうだ。それなのに、こんなみちみちの脂身を身につけてしまった。

動かねば、と思う。でも正直、動きたくない。寝たまま健康的に痩せたいと切実に願うが、しかし健康とは何だ、とも思う。そもそも私は今、健康なのか。

「元気？」

と訊かれるたびに、

「普通」

と答えているものの、関節痛は治らないし蕁麻疹は痒いしすぐに疲れる。前髪も全然伸びない。それでも「普通」とは……と、日々ぐずぐず言っているうちに四月も終わりである。運動しろよ。

それはそうと、象の体重はだいたい五トン前後だそう。重いわねえ。

第15回　キミコ養生せず

二〇二三年五月

散歩を再開してみた。本当はよろよろ養生生活もめでたく二度目の春に突入したことでもあるし、心機一転、もっとこう派手で目に見える効果が期待できる何かを始めたいところだが、それが何かがわからないのだ。

私の目標が高すぎるのだろうか。目標というのは、たとえば寝ているだけで体力がみるみる上がり、筋肉がどんどんつき、身体はますます健康になり、原稿がするする書け、運気はぐんぐん上がり、宝くじはぽこぽこ当たり、道ですれ違ったアラブの石油王に「あなたは三年前に亡くなった母にそっくりです。ぜひこれを」と五億円ほど握らされ、まあそこまではなくとも、一晩眠って目が覚めた時にはこのおんぼろ我が家がフルリフォームされているという、例のやつである。

ただの怠け者の寝言に聞こえるだろうか。しかしこれは、そもそも運動とは何か、という問題提起でもあるのだ。身体を動かすことのみが本当に運動なのか。「寝ているだけ」は本当に寝ているだけなのか。まあ、寝ているだけなのだが、しかしそれで健康が手に入るなら、そこにこそ我々人類の真の幸福があるのではないか。

運動をしないことをもって運動とする、いわば運動という名の無運動。

自分でも何を言っているのかちょっとわからないが、しかしこの目標が達成された暁には、多くの運動嫌いの人が救われるのは間違いない。なにしろ「運動」の概念を根底から覆す理論なのだ。一躍運動嫌い界の救世主となった私は、同時に多くの人からこう尋ねられる。

「本当は何か特別なトレーニングをしているのでは？」

私はにっこり笑って、手に持ったペットボトルを掲げてみせる。

「いいえ。この神の水を飲んで、あとは寝ていただけです」

詐欺ですね。完全に詐欺の手口なんだけれども、もうそれくらい楽がしたいのだ。楽して全部手に入れたい。

と、怠惰な欲望を容赦なくだだ漏らしながら、毎朝散歩に出かけている。コースは昨年とほぼ同じ。一年前の春から秋にかけてさんざん歩いた道を、何も考えずに今年も辿っている。

正直、飽きる。飽きるというか、慣れる。なんだか罰当たりなことを言っている気がするが、どの景色を見ても、「これ知ってる」感がすごいのだ。

思えば、去年の散歩は新鮮だった。日頃はほとんど通ることのない、けれども子供の頃には毎日遊び回っていたあたりを数十年ぶりに自分の足で回るのは、小さな驚きと発見に満ちていた。目的もなく歩くという行為自体は好きになれなかったが、小学生時代に通っていた習字教室のアパートを見上げたり、かつて草ぼうぼうの空き地だった大きな道路を渡るのは、まるでタイムスリップのようで、ある意味とても感慨深かった。

そしてなにより治療で受けたダメージが、日々回復している実感があった。それまで落ちるばかりだった体力が、日ごとに戻ってくる。と同時に少しずつ歩く距離が延び、そのたびに新たな景色も広がった。

住宅街のベランダには早朝から洗濯物がはためき、夏の暑い朝には開け放たれた窓から子供の声が聞こえる。庭には、あらゆる種類の花が季節の移り変わりとともに咲き誇っていた。名前を知っている花も知らない花も、皆、華やかでかわいらしい。ポケットの中には伊能忠敬(万歩計)がいて、「アッパレ‼」とか「ガンバレ」などと私を励ましつつ、歩数に応じて日本地図を描き進めてくれた。

家に帰ると母が決まって、

「今日はどのあたりに行ったの?」

と尋ねてきたので、色とりどりの花の写真を撮っては、万歩計の歩数報告とともに母に見せていたのである。

それが今年はどうだ。どうだと言われても困るだろうが、母は亡くなり、伊能忠敬は日本二周目に入り、私は同じコースをただ漫然と歩いているだけだ。花だけは相変わらずきれいで、既にどこの庭も春の気配に満ちている。チューリップが咲き、水仙が咲き、芝桜が咲き、牡丹《ぼたん》か椿《つばき》かいつまで経っても全然区別のつかない花も丸い蕾《つぼみ》を膨らませ、それらの前で立ち止まっては、

「今年も忘れずによく咲いたねえ」

と健気さに感激するけれども、やはり目は景色に慣れてしまうものなのだ。なんて贅沢な。

そんなわけで、今、目につくのは街並みの変化だ。

私が散歩に出られなかった冬の半年の間にも、当たり前だが人の営みは続いており、気がつけば見慣れた家が広い庭ごと取り壊されていたり、古いアパートが更地になっていたり、危ないなと思っていた空き家の屋根がおそらくは雪で潰れていたり、去年からなぜか全然売れずに少しずつ少しずつ値下げを繰り返し、「このままでは二万円くらいになってしまうのではないか。そうしたら私が買うしかないのではないか」と心配していた建売住宅がようやく売れたりしている。

最近は昔ながらの広くて古い家が壊されて土地が分

割分譲され、そこに建売住宅が何軒か建つことが多いらしい。そういった現場を目にするたび、

「うちも売りたい。相場の倍くらいで売って二万円で一戸建てを買いたい」

という、深くて黒い欲望がふつふつと湧いてくるのは、現在、我が家もリフォーム問題に直面しているからである。建物の老朽化と住人（私ですね）の高齢化が進み、どちらもガタが来ている。この間は、

「屋根がそろそろ限界ですね」

と言われた。「せいぜいあと一～二年」なのだそうだ。化学療法中の私を苦しめたチョモランマのような玄関階段問題も、未だ解決していない。もし私の病気が再発したら、というかしなくても、あれはいずれ確実に上れなくなる。屋根と階段。それだけでもお腹いっぱいなのに、春先には家の壁に突然穴が開いた。穴といっても思春期の息子が殴ってできた窪《くぼ》みなどではなく、貫通である。室内からきっぱりと空が見えた。青空だ。

普通に生活していて、壁が貫通することってあります？

あるのだ。よく「何もしていないのにPCが壊れたという人は絶対何かをしている」と言われるが、何もしていないのに壁に穴が開くことはある。というか、何もしないからこそ開いた。劣化してガタついていた通気口を放っておいたら、強風で蓋が吹き飛んだのである。

誰も使う人がおらず、昼間でもカーテンを閉めきっている薄暗いその部屋が、壁の穴から差し込む太陽の光で眩しく輝いていた。

「わあ……なんて幻想……絶望的な風景……」

いっそ知らなかったことにしてそのままドアを閉めたい衝動に駆られたが、そうすればもうその部屋は屋外だ。太陽光のみならず雨や雪が降り注ぎ、虫や鳥やなんならリスだってやってくるかもしれない。森のレストランかよ。

結局、穴は義弟が力業で塞いでくれたが、そもそも通気口というのは塞いではいけないものなのではないのかという新たな問題が今は生じている。

それにしても皆、売ったり買ったり建て直したり、実に精力的だ。生きる力に満ち溢れている。あとお金持ちだ。そのどちらも私にはないのだと、ふらふらと散歩を続ける。

今の時期、公園の桜、といってもソメイヨシノではなくチシマザクラだが、それが満開だ。掲示板には、町内会の「さくらまつり」のお知らせが貼り出されている。

「さくらまつりかあ」

呟いてみるも、実は何をするのかさっぱりわからない。肉を焼いて酒を飲んで子供にちょっとお菓子を配

るくらいしか思いつかないが、でもそれなら七月に開かれる「なつまつり」と同じではないか。そう思ってお知らせをよく読むと、肉を焼いて酒を飲んで子供にちょっとお菓子を配ることがわかった。ですよねー。

そういえば、町内会費が下がらなかったなと思い出す。「さくらまつり」をはじめ、「なつまつり」や「盆おどり」や「ゆきまつり」といった町内会行事は、ここ何年か新型コロナの影響で軒並み中止になっていたのだが、

「行事が減っているのだから町内会費もその間は少し値下げしては？」

という会議での提案に対して、

「しません」

との回答があったそうだ。

しません。

人として生まれたからには、私もそれくらい堂々と自己を主張したいものだと胸打たれる話である。

しかし、この手の町内会行事はどんな人が参加しているのだろう。どんな人ってそりゃ町内の人なのだろうが、同じ町内の人である私自身は一度も参加したことがない。そもそも自分の町内会という気がまったくしないのだ。

というのも、私の住む地域は広い町内会の端の端に位置しており、さらには大きな道路で分

断されている。たとえるなら、強制的に北海道に組み込まれた青森県のような位置関係にあるのだ。

「あなた北海道でしょう」

と言われても、

「いや、本州でしょう」

としか答えようがない。地理的にも生活圏的にも、秋田県的立ち位置の隣の町内会の方が近いのだ。

なぜそんな不自然な事態になったのかといえば、大昔の地主同士の諍《いさか》いが原因らしい。ある時、我が青森の土地を多く所有する地主のおっちゃんと、本来仲間であるはずの秋田町内会の地主のおっちゃんが大喧嘩。売り言葉に買い言葉で、

「俺の目の黒いうちは俺の土地は一坪たりともおまえの町内会には入れん！」

「望むところだ！」

となったのだそうだ。誰か止めろよ。

これが日本昔ばなしなら、二つの村の境にある湧き

水が枯れたりして、最後は改心して仲直りをするか、もしくは両方の村ごと全滅してしまうかだが、現実には何も起こらず、二人の地主のおっちゃんたちの目がとうに黒くなくなってしまった現在も、相変わらず北海道に組み込まれた青森県が存在している。

まあ、実際問題、今更隣の町内会に移ったとしても、そこはそこで、盆踊りの櫓《やぐら》の上で見知らぬ浴衣姿の女性が延々歌を披露しており、「あれは誰だろう。地元の演歌歌手か何かだろうか」と思っていたら、町内会のおっさんたち御用達のスナックのママで、

「しかも町内会費から謝礼を何万円も払ってたんだよ！」

という感じらしいので、もう冬の排雪さえちゃんとしてくれれば、どちらの町内会に入っていようがいいのだった。

非常に不毛なこの日本昔ばなし（じゃないけれど）の唯一の教訓は、「金持ち喧嘩せずは嘘」ということであろうか。いずれにせよ私には関係のないことで、今は「運動という名の無運動」の実現を考えつつ、毎日散歩を続けている。

「養生日記なのだから、散歩だけじゃなくマラソンにでも挑戦したらどうか」

という声が一部友人から上がったが、それに対しては、町内会が既に参考にできる答えを出してくれていた。

「しません」

第16回　どうしようねむい

二〇二三年六月

某日

毎日、暴力的に眠い。三月の末に発症した蕁麻疹がなかなかよくならず、今も薬を飲んでいるのだが、その副作用のせいでとにかく眠くて仕方がないのだ。

「今の薬はいいですよ。よく効くしあまり眠くなりません」

と最初に言われたのは何だったのか。頭がぼんやりしてまったく仕事にならないので、病院に相談して薬を変更してもらうことにする。今度の薬はどういうものかというと、

「眠気はほとんどないですが、効き目も悪いです」

とのことである。ああ、正直者に幸あれ。複雑な気持ちで家に帰り、早速服薬。しばらくすると急激な眠気に襲われ、そのまま気絶するように昼寝をしてしまった。どういうことか。

某日

まだ蕁麻疹が治らない。薬を飲むと治まるが、やめるとぶり返すということがもう二か月以上続いている。症状が出る時間はだいたい決まっていて、私の場合は夕方から夜にかけてと、朝起きてすぐである。手足がむずむずするなと思った時には発疹が広がっており、一瞬ギョッとするものの一時間ほどで治まるのだ。ネットで調べると、慢性蕁麻疹の症状にぴったり当てはまっている。

残念ながら、慢性蕁麻疹の原因は、ほとんど特定できないらしい。私もアレルギー検査ではハウスダストが少し陽性だったくらいで、これといった問題はなかった。化学療法終盤あたりから湿疹や痒みという皮膚トラブルが頻発しているものの、それが関係しているのかどうかもわからないそうだ。ただ、強いストレスが引き金となることもあるらしく、発疹の出る時間帯から鑑みて、私の場合は食事を作ることや朝起きて一日を始めること、すなわち生活全般へのストレスが原因と考えられなくもない。もしそうならば大変である。生きてこの暮らしを続ける限り治らない恐れがあるからだ。

しかし一方でストレスのない生活、たとえばどこか暖かい島で気ままに過ごして、毎月謎の大富豪が勝手に一千万円くらい振り込んでくれるなどすれば、あっさり完治する可能性も出てくる。毎月謎の大富豪が勝手に一千万円くらい振り込んでくれるなどすれば、あっさり完治する可能性も出てくる。大富豪の目に触れやすいように二度書いてみた。大富豪、「小説すばる」読むだろうか。

某日

今日も卵を買えなかった。鳥インフルエンザで道内の養鶏業者が軒並み被害を受けたのだ。最近ではスーパーの開店前から卵目当ての人が列を作っている。私は「買えたら儲けもん」くらいの気持ちで買い物をしているのだが、そのスタンスではまったく手に入らなくなった。卵への熱い思いが試されている。

某日

高校時代に仲の良かった四人組で、厄祓《やくばら》いのご祈禱《きとう》に行くことになった。年齢的にそれぞれ大変なことが重なりがちな昨今、本州に住む一人が法事で帰省するタイミングでご祈禱の話が持ち上がったのだ。十代の頃は「誰が最初に結婚するかな」などと騒いでいた我々も、今では「誰の葬式が最初かな」みたいな段階に入りつつある。あるいは身体が元気でも記憶が覚束な

くなり、

「あれ？　全員同い年で同じ高校出身？　ものすごい偶然だねー！」

などと言い出す日が来ないともいえない。それはそれで仕方がないとはいえ、できるだけ平穏な日々が続くようにとの思いを込めての神頼みである。

待ち合わせて北海道神宮へ。何年か前に、『いやよいやよも旅のうち』の連載で伊勢神宮を参拝したことを思い出す。当時、次々と面倒事に巻き込まれていた私に、担当編集者の元祖K嬢がご祈禱を提案してくれたのだ。

　全体の流れは、その時とほぼ同じである。受付でご祈禱の内容を選び、住所氏名を書き、初穂料のランク（とは言わないのか）を決め、納める。時間が来たところで社殿に案内されて着席。やがて祝詞《のりと》が奏上され、それぞれの願い事が読み上げられ、巫女《みこ》による舞が奉納されるのだ。この日は我々のほかに数組の参拝者がいた。もちろん全員知らない人である。見ず知らずの人たちが見ず知らずの人たちの前で、住所と氏名と年齢と願い事を大々的に公表されるという、個人情報の概念すら存在しなかった時代の儀式を揃って受けてい

る。逆に新鮮であった。

最後に御札とお守り、お下がりの品をいただいて終了。伊勢神宮参拝の時には、一度編集部に持ち帰った御札を誰かが誤って捨ててしまったらしく、

「このたびは大切な御札を失くしてしまい云々」

という、人生で一度しかもらえないだろう文言の詫び状が元祖K嬢から送られてきた。あれは面白かったが、出版された『いやよいやよも旅のうち』が売れないのは御札の紛失も関係あるかもしれないので、今度は失くさないようにしたい。

某日

夢にキムタクが出てきた。別に好きではないのに、私の夢には何年かに一度キムタクが出てくることがあるのだ。ちなみに妹はイチローだそうで、

「これだけ夢に見るということは、ひょっとしてイチローと結婚するのかもと思ったけど、結局しなかったんだよね」

と教えてくれた。知ってる。

某日

養生日記と言いつつ、しれっと普通の日記を書いていることの言い訳をそろそろした方がいいのだろうか。まあ、言い訳というか、ここのところ特筆すべき養生が何もできておらず、養生日記から「養生」が抜けた状態なのだ。散歩は続けているものの、毎日同じことの繰り返しである。たまに住宅街の真ん中をキタキツネが歩いていて、

「うわ、エキノコックス！」

と思うが、それにも慣れてしまった。今日は児童公園から一匹ひらりと現れた。子供の頃に毎日のように遊んでいた公園である。あの頃は今より人家も少なく、空き地と草むらばかりだったのに、キタキツネを見たことなど一度もなかった。出没頻度は、当時より確実に上がっている。

今はまだキタキツネだからいいけれど、これが羆《ひぐま》だったらどうしようと考える。市内のあちこちで羆の目撃情報が相次いでいるのだ。とはいえ、さすがに山か

ら離れたこの住宅地に羆は出ないだろうし、そもそもどうしようもこうしようも、羆に遭ったら「諦める」しかないと小学生の時に教わった。

「羆は強くて恐ろしい動物です」

と、当時の担任教師が言ったのだ。

「死んだふりは通用しません。爪でつつかれて終わりです。走って逃げてもすぐに追いつかれます。羆の足は人間より何倍も速いのです。木登りもうまいので木に登っても無駄です。物陰に隠れても鼻が利くからすぐに見つかります。羆からは絶対に逃げられません。死にます」

教師の言葉に小学生たちは本気で震え上がったのである。あれは一体何の授業だったのだろう。そういえば、川べりの散歩コースでは、熊除《くまよ》けの鈴を腰から下げている人と何度かすれ違った。そんな可愛らしい鈴の音に逃げ出すような個体は、この街の中には現れないと思うが、音がしないよりはいいのだろうか。ここはもう野生の王国だ。

某日

先日、散歩の途中で朝食を買うべく立ち寄った某コンビニに、思いがけず卵があったので一パック購入。半分を妹に分けて喜ばれるという徳を積んだ。その後も二度ほど同じ僥倖《ぎょうこう》に巡り合ったが、今朝行ってみたところ、ついにその店からも卵が消えていた。もうしばらく卵を見ていない。

「むかしむかし、卵というものがこの世界にはあったんじゃ。それは丸くてつるつるしていてな、かたいような脆《もろ》いような不思議な殻に包まれておってな、割ると中からはきれいな黄色と透明の……」

「おかあさーん、ばあちゃんがまた変なこと言ってるよー」

という世界が近づいている気がする。

ばあちゃんといえば、昼間、固定電話に母そっくりの声の人から電話がかかってきた。

「もしもし」

声を聞いた瞬間、思わず息を呑む。

お、お母さん？　どうして？　まさか生き返った？　それともあの世からの直通電話？　何か言い残したことでもあった？　へそくりの場所？　卵の極秘入手情報？　あ、ひょっとして私をお迎えにきた？　私もう死んじゃうの？

一瞬にしてさまざまなことが頭をよぎって言葉を失っていると、

「まゆみちゃんかい？」

と訊かれた。ただの間違い電話である。そりゃそうでしょうねという納得した気持ちと、母だったらよかったのにという残念な気持ちと、もしあの世との直通電話が開通したならそれで大儲けできたのにという邪《よこしま》な気持ちで電話を切った。

そういえば母が亡くなってすぐの頃は、妹とよく「お母さん生き返らないかなあ」と冗談で話していたのだが、ある時、

「もし夜中に母の寝室から私を呼ぶ母の声が実際に聞こえたら、覗きに行くだろうか……」

と考えた結果が、

「いや……無理……」

だったので、死者との距離というのもなかなか難しいものなのである。

某日

寝違えたかどうかして背中が痛いので、風呂上がりに湿布を貼る。今回は手が届いたが、これが一人では難しい箇所なら大変であろう。その時に備えて、ＡＩに「一人で背中に湿布を貼る方法」を尋ねることを思いついた。早速質問すると、「石鹼で手と患部を洗って清潔にせよ」「適度な大きさに湿布を切れ」「鏡を用意せよ」「鏡を見ながら慎重に貼れ」などと、真剣

ながらやや的はずれな回答である。しかも最後は、「できるだけ他人の手を借りることをお勧めします」と、前提条件から否定されてしまった。それができないから訊いているのだ。

「うちには猫しかいないのですが、猫に貼ってもらうことはできますか」

「猫が人間の背中に湿布を貼ることは、実際には不可能です」

「『猫の手も借りたい』という言葉があるのに、それでも無理ですか」

「『猫の手も借りたい』という言葉は、物事が多忙である場合や手間がかかる場合に、助けがほしい時に使われますが、実際に猫に湿布を貼ることはできません」

意地になった私も私だが、ＡＩもＡＩでかなり頑《かたく》ななのである。まあ、

「いつか猫が湿布を貼ってくれる、そんな優しい世界が来るといいですね」

などときれいごとを言われるよりはいいかもしれない。とりあえず湿布は自分でなんとかするので、ＡＩにはいつか蕁麻疹を治してもらいたいものである。

第17回　忠敬、福井に客死す

二〇二三年七月
某日

最近、朝の散歩に出ても以前より疲れやすくなった気がする。コースの半分ほどを歩いたところで、

「帰りたい……」

と思い始めるのだ。化学療法で落ちた体力がようやく戻りつつあるところにこういう変化があると「何か悪い兆候では？」と一瞬ドキリとするが、さらに心の声に耳をすますと、

「もう帰ってシャワー浴びてビール飲みたい……」

と続くので、ひょっとすると暑いだけかもしれない。

確かにこの夏は猛暑の予想で、既に気温の高い日が増えている。そして私は歳とともに暑さに弱くなっている。早くも夏バテ気味なのかもしれない。

散歩中、元気なのはよそのお宅から聞こえる子供の声くらいだ。今日は何かの歌を熱唱する男の子の声と、
「食べるか踊るかどっちかにしなさい！」
と二者択一を迫るお母さんの声が響いていた。歌うだけではなく、踊ってもいたらしい。それにしても平日である。踊る方を選んだら学校に遅刻してしまうのでは？　と思うが、それぞれの家庭の事情があるのだろう。

元気といえば、川べりのイタドリも異様に元気だ。そこは私が幼い頃によく遊んだ場所で、当時はタンポポやシロツメクサで王冠を作ったりしていたのだが、今はもう一面のイタドリである。イタドリしかない。ひたすらイタドリ。ヤツの繁殖力は恐ろしいほどで、何度刈られてもあっという間に地面を呑み込んでしまうのだ。そのくせ寒くなるとすぐにしゅるしゅると茶色く枯れる根性なしなのだが、とにかく今の時期の勢いは尋常ではない。まるで悪魔の植物のようだが、聞くところによると、イタドリの成分は関節痛等に効果があるらしく、悪魔どころか漢方薬やサプリメントとして市販されているそうだ。

未だ関節痛とバネ指に悩まされている私としては試してみたい気もするが、あの生命力を体内に取り込んで無事でいられる自信がない。逆に脳も身体もイタドリに乗っ取られた妖怪イタドリババアになる可能性すらある。イタドリババア。それは困る。冬は枯れるし。

某日

腕のあちこちが猛烈に痒い。治る気配のない蕁麻疹がひどくなったのかと様子を見ているうちに、一つ一つが赤く腫れ、まるで虫刺されのようになってきたので、たぶん虫刺されなのだろう。

心当たりはある。昨日の草取りだ。家の周りにぼうぼうと繁り、ただでさえ古ぼけた我が家をいっそう廃墟に見せていた雑草を、半袖姿でせっせと抜いたのだ。どうしてそんな軽装だったかというと、完全に油断していたのである。実はここ二年ほど、私はまったく虫に刺されなかった。去年も一昨年もほぼ無傷で夏を越えたのである。理由はわからない。大きな病気があると刺されないとか、化学療法中は刺されないとか、都市伝説的なさまざまな話を耳にするが、真偽は不明だ。はっきりしているのは、今年はずいぶん派手にやられてしまったということだけだ。

数えてみると、腕だけで十五か所ほど腫れている。しかも痒みも赤みも尋常ではない。だんだん恐ろしくなり、何か別の疾患かもしれないと皮膚科を受診すると、

「ひどいですね。虫刺されですね」

と私と同じ感想と診断であった。ですよね。

ただ、虫刺されは症状だけではどの虫が「犯人」かはわからないそうで、

「もし犯人を特定したい場合、刺している最中を現行犯で逮捕してください」

とのことであった。まさかの私人逮捕である。身が引き締まる思いだが、もし逮捕に成功した場合、虫はどうしたらいいのだろう。皮膚科に送検か。

某日

今日も病院。虫刺されとは関係なく、四か月に一度の術後定期検査を受ける日なのだ。今回は血液検査のみということで、採血に向かう。看護師さんに虫刺されまみれの腕をおずおずと差し出すと、

「うわあ！　痒そうですね！」

と驚かれ、さらに、

「実は私も胡瓜《きゅうり》のイボイボに触ると湿疹が出るんです」

と思わぬ告白を受けた。

「え？　胡瓜ですか？」

「胡瓜です」

「イボイボ?」

「イボイボです」

胡瓜のアレルギーなのだろうが、イボイボだけというのがよくわからない。イボイボに含まれる特殊な成分か何かに反応するのだろうか。そしてどうしてイボイボだけだとわかったのだろう。イボイボを触らずに胡瓜本体に辿り着く機会があったのか。いろいろ考えてみるが、わからない。アレルギーだとすると食べることもできないのか。いや、イボイボでなければ平気か。たとえばサラダはダメだけれど漬物は可とかあるのだろうか。と疑問が頭の中をぐるぐるしているうちに、

「はい、終了でーす」

と採血が終わってしまい、何一つ知りたいことを訊けなかった。

血液検査の結果は今回も「ほぼパーフェクト」。次回十一月は身体を透視して、全身の骨と内臓を調べるのだそうだ。術後二年ほど経って初めての本格的な検査である。私の場合、二年から三年目の再発が多いタイプだそうで、なかなかの山場にさしかかってきた感がある。

「骨の検査は外国から取り寄せる特殊な薬剤を使うので、できればキャンセルはしないでくださいね。万が一、キャンセルする時は、早めに連絡してくださいね。なにしろ特殊で高価な薬なので」

と念を押されたので、一体どれくらい特殊で高価なのかを尋ねると、特殊さにはとりたてて触れず、

「六万円超える感じですかねー」

と主に高価さを訴えてきた。確かにもったいないからとそのへんの人に、

「薬が余ってるので骨を透かしてみませんか？　六万円超えますけど」

とは気軽に言えないのだから、念も押したくなる金額である。やはり身体をスケスケにするには、かなり大掛かりな仕掛けと覚悟が必要なのだ。

私のためにそんな大層な機械を動かしていただくなんてすみません……という殊勝な気持ちで帰宅。看護師さんの胡瓜イボイボアレルギーもよくなりますように。

某日

今日、悲しいことがありました。伊能忠敬（万歩計）が遠くへ旅立ったのです。いつかこんな日が来るのではとずっと怯えていたのに、何の手立てもとれぬまま、流されるようにこの日を迎えてしまいました。

すべて私が悪いのです。朝の散歩から帰って、汗だくで風呂場へ直行し、

「あぢーあぢー」

とシャワーを浴びた時、ポケットに忠敬を入れたまま、着ていた服を洗濯機に入れてしまったのです。

「ポケットの中のものを全部出してって何回言ったらわかるの！」

今は亡き母に何百回言われたことでしょう。その言葉を忘れたわけではなかったのですが、ふとした気の緩みだったのでしょう。洗濯後に濡れた服を取り出す時、カチャリと小さなかたい音がしました。もうそれだけで、私には何が起きたかわかっていた気がします。

「忠敬！」

洗濯機の底で横たわる忠敬を手にとると、その顔色は既に真っ白でした。完全なる無です。それでも闇雲にボタンを押してみると、なんということでしょう。今日の日付がパッと表示されたではありませんか。

「い、生きてるっ？」

急いでドライバーを持ち出して分解し、中を乾燥させた後に再び組み立ててみると、ああ、悲しいかな、やはり日付は表示されるものの日付しか表示されません。それもなぜかずっと点滅を繰り返しています。

諦めきれずに忠敬を作った会社のサイトを見ましたが、どこにも「防水」の文字はありませ

ん。というかむしろ「防水ではない」ことが強調されています。そうです。私は忠敬のことを何もわかっていなかったのです。使用方法といい大きさといい形状といい、こんなに洗濯されやすいものなのに防水ではない。それが忠敬だったのです。

この一年数か月、私たちはずっと一緒でした。散歩はもちろん、スーパーでも病院でも火葬場でも。でも今はもう一人きりです。思えば今朝、三度目の福井到着を果たし、「フクイトウチャクジャ」と笑顔を見せてくれたのが最後の元気な姿でした。まさかその数時間後にあっけなく私の前からいなくなるとは。

今はただただ高く遠い空へ旅立った彼の幸せを祈るだけです。タダタカだけに。

某日

散歩中に暑さでくらくらしてきたので、途中で切り上げて帰宅。忠敬がいなくてつまらないこともあって、しばらくは涼しい日だけ散歩に出ることにした。しかしこれでますます運動からは遠ざかってしまう。一体どうしたらいいのか。

某日

今日も病院へ。左手薬指のバネ指が悪化したのと、掌の真ん中あたりに突如出現したしこりが大きくなってきたので、整形外科でまとめて診てもらうのだ。と気楽に言っているが、診察は三時間待ち。疲れ果てた頃にようやく呼ばれて入った診察室は無人で、隣の部屋で医師が、「停電ってあの地震のブラック……ホワイト……ブラック……ホワ……ブラックアウトの時？」

と大声で白黒わからなくなっているのが聞こえた。先生も疲れているのかもしれない。診察は一瞬で終わり、湿布と塗る痛み止めが処方された。ひどくなるようなら注射か手術だそうだ。

某日

真夜中、窓の外からなにやら妙な音が聞こえ、見ると男の人が道路に倒れている。街灯に照らされたオレンジ色のTシャツが鮮やかだが、それはそれとしてまったく動く気配がない。おそらく酔っ払いだろうとは思うが、このまま見過ごすのも後生《ごしょう》が悪い。

ただ、不用意に声をかけて、

「うるせえなババア！　おまえ誰だよ、イタドリの妖怪かよ！」

と凄《すご》まれても怖いので、近くに住む妹夫婦を呼び出して三人で接触を試みる。

「お兄さん、どうしたの？」

「あの、家がなくなったっす」

若い男性が思いがけない礼儀正しさで前後不覚にべろべろに酔っていた。水を飲ませ、住所と名前を聞き出して自宅に送り届ける。同棲中の彼女もとても感じのいい人だったので、いつか二人で、

「あの時助けてもらった鶴です」

と伊能忠敬を持ってきてくれると信じている。

第18回　マサイへの道

二〇二三年八月
某日

盛夏。とにかく暑い日が続いている。北海道といえば、夏でも朝晩は涼しいことでお馴染みで、夏休みのラジオ体操には長袖を着ていけとよく親に叱られたものだが、もうそんな気候ではなくなってしまった。今朝も早くから、暑さで目が覚めた。ふらふらとさまようように家中の窓という窓を全開にし、

「今日も暑くなりそうだ」

と、今までの人生ではあまり口にしたことのない台詞を呟きつつ、また布団に戻る。見れば、猫がフローリングの床の上で、のしいかのように長く伸びている。その光景も含めて夏っぽいといえば夏っぽいが、気怠《けだる》いといえば気怠い。暑さのせいで散歩にすら行く体力がなく、布団の上でぼんやりと扇風機の風にあたりながら、お墓へ行く日だと思い出した。

父が亡くなって五年弱、母が亡くなってからは半年が経った今月、ようやく両親のお墓が完成したのだ。本日はその引き渡しの日である。まあ、引き渡しといっても、墓石に彫られた名前が別人のものだとか、亡くなった日にちが違っているとかの重大なミスがない限り、お墓を前にして、

「これですよー」

「おお、ありがとうございますー」

と言い合って、おしまいである。まだお墓には誰も入っていないのだから、要は単なる確認作業である。

石材店との約束は午前九時。広い霊園内で迷うだろうなと覚悟していたが、妹と二人、その覚悟以上に迷ってしまって我ながら驚く。全然墓に辿り着かない。というか霊園の入口にさえ辿り着かない。狐がよく歩いているので化かされた可能性もあるが、そもそも我が家の墓とはいえ、訪れるのはまだ二度目か三度目なのだ。回数さえあやふやだ。覚えているのは、一昨年のお盆に初めてここに来て、区画を示す杭を眺めながら、

「もしここにお墓を建てるとして、私もお父さんと同時に入ることになったらマズいなあ」

とぼんやり考えたことくらいである。ちょうど数日前に病気が発覚したばかりで、先のことがまったく見えない時期だったのだ。それが二年後の今はなんとか元気でいられて、一安心である。いや、安心していないで頑張って運動もしろよということだが、それはそれとして、完

成したお墓は小ぶりで丸みがかっていて、どことなくかわいらしい。子供の頃、近所のお寺の墓地と、本堂に掲げられた地獄絵図が恐ろしくて仕方がなかったという父も、このお墓なら安心だろう。

「どうですか」

石材店の人が言う。どうですかと言われても、お墓のチェックポイントがよくわからない。小ぶりで丸くてかわいらしいですねえと褒めたつもりでも、

「予算がもっとあれば、大きくて堂々としていて威厳と重厚感のあるお墓を建てられたんですけどね……」

などと暗に貧乏を責められる恐れもある。水はけや雑草避けの砂利の具合などに言及すれば玄人受けしそうだが、素人なので言及しようがない。口ごもりつつ目をやると、夏の朝日を浴びて真新しい墓石が輝いていた。

「ピカピカのツルツルですねえ」

ほとんど苦し紛れだったが、それが案外正解だったようで、石材店の人は誇らしげに「そうなんですよ」と頷き、笑顔のまま続ける。

「これでいつでも納骨できますよ。日程は決まってますか？」

「いえ、全然！」

つい元気に答えてしまったが、さすがにそろそろ決めねばなるまい。雪に閉ざされる冬の間

は無理なので、せいぜい今年の十月くらいまでか、さもなくば来年の雪どけ以降か、どちらかだ。ただ妹とは「お母さんのお骨はもう少し手元に置きたいね」と話している。亡くなってまだ半年ということもあって、なんとなく寂しいからだ。

　石材店の人に正直にそう告げ、

「父はもう五年ほど経つから納骨してもいいですけど」

　と付け加えると、

「いや、そ、そこはご夫婦なんだから一緒に入れてあげて……」

　となぜか頼まれてしまった。なるほど、せっかく(?)夫婦揃ってお骨になっているのに別々に納骨というのも変かと納得しつつ、ふと母が亡くなる半年ほど前に言った言葉を思い出す。

「今、もしお母さんが死んでも、まだ『旦那さんの後を追うように』って言われるかい？　それとももう大丈夫かい？　死んだ後で『なんだかんだ言ってもお父さんいなくなってガックリきたんだねえ』って言われたくないんだよね」

お母さん、お墓の中では頑張って仲良くしてね……。

某日

寿郎社のコパ社長と編集者のＳ嬢が我が家にやって来た。出迎えのために玄関を開けると、いきなりコパ氏が、

「ピーっていう音、聞こえるっしょ？」

と意味不明な謎の言葉を発した。

「音？」

わけもわからず耳をすますと、確かに「ピー」という警告音のようなものが遠くから聞こえている。

「あれ、俺の車なんだよね」

「え？」

「運転してたら急に鳴り出してさ、ドアや窓を開けても閉めても、エンジン切ってもかけても鳴ってるんだよね。ディーラーに寄ろうとしたら休みでさ、今も鳴ってる」

「ええっ？」

「で、この家の前に車をとめたら近所の人に通報されるかもと思って、少し離れた場所に置い

てきたから」

「えええっ？　それ合ってる？」

　むしろその離れた場所の近所の人が通報するのでは？　と思わなくもなかったが、ほかに解決法も浮かばず、とりあえずは仕事の打ち合わせを行う。その間も開け放した窓から、常に遠くのピー音が聞こえていた。寿郎社の新刊解説の依頼にもピー。新しい企画の話にもピー。雑談にもピー。コパ氏の車が我々を見守っていてくれる感じだ。そんな中、お墓の件についての雑談中にS嬢が、

「北海道のお墓って、いちまいりの単価が高いですよね」

　とこれまた謎の言葉を突如発した。S嬢は本州出身である。

「いちまいり？」

「冬の間はお墓に行けないってことは、必然的にお参りの回数が減って、一回あたりの墓参りの単価が上がりますよね」

　なるほど、たとえば百万円のお墓に対して生涯一度しかお参りしなければ、一参りの単価は百万円。百回

お参りすれば一参りあたり一万円という計算である。

「考えたこともなかった……」

「え、そうですか?」

「ピー」

墓参りの単価という未知の概念に衝撃を受ける私を励ますように、コパ車のピー音がいつまでも鳴り響いていた。

某日

マサイである。ついに私の中に眠っているマサイの血が目覚める時が来たのだ。さあ、出でよマサイ。

と、突然何を言っているのかとお思いでしょうが、このたび私はなんとマサイの靴を手に入れたのだ。はるばる東京からやって来た担当編集者のS氏が、

「北海道どうしたんですか! めちゃくちゃ暑いじゃないですか! 何なんですか! 北大路さんは最近全然運動してないし!」

と、いろいろ憤慨しながら、マサイの靴をプレゼントしてくれたのである。

「マサイの靴?」

「マサイの靴です」

そう言って居酒屋で差し出したのが、一足の真っ白なスニーカーというかウォーキングシューズというか、別の特別な呼び名があるのかわからないが、とにかくそういう靴である。

「マサイですか?」

「マサイです」

マサイなのはわかったが、マサイであることしかわからない。アフリカのマサイ族の人々が履いているのか、マサイ族の人々が作っているのか、単にマサイという商品名なのか、肝心なことがすべてぼやけているのだ。詳細を待ったが、S氏はにこにことお酒を飲んでは、

「北海道どうしたんですか！　ほんとめちゃくちゃ暑いですよ！　運動してくださいよ！」

と思い出したように訴えるばかりで、靴についての説明はなされなかった。仕方なく自力で調べたところ、これは身体能力の高い「マサイ族が裸足で歩く技術を再現」することで、「身体のゆがみをリセットし、足の裏にかかる負担軽減や、日常では使用しづらい筋肉

の働きを促す」靴であることがわかった。つまるところ、マサイ族になれる靴なのである。

昔、テレビか何かで得たおぼろげな知識を思い出す。それによると、マサイ族は平均身長が二メートル近くあり、視力が異様によく、足がべらぼうに速く、ライオンさえも倒す強さを持つ戦士の集団だという。さらにいえば、名高達郎《なだかたつろう》である。かつて製薬会社のCMで、俳優の名高達郎がマサイ族の青年と並んでジャンプしていたことがあったのだ。その時のマサイ族のジャンプ力は凄まじかった。高さがあるうえに軸が全然ブレない。スラリとした体軀で垂直に跳び上がり、垂直に下りてきて、そしてまた跳ねる。横にいる名高達郎も頑張ってはいたが、高さといいフォームの美しさといい、残念ながら比べ物にならなかった。

そんな、自分とは正反対のマサイ族に、この靴さえ履けば私もなれるのだ。なんという素晴らしいことだろう。

某日

お盆。せっかくなので、マサイの靴を履いて母方の実家のお墓参りに出かける。足を入れるとすぐにわかるが、マサイの靴は普通の靴とは履き心地がかなり異なっている。

「不安定なので気をつけてください」

とS氏が言ったとおり、ソール部分が弓なりで、まるでブロッターの上に立っているみたいなのだ。

ご存じだろうか、ブロッター。万年筆などで書いた文字の余分なインクを吸い取る道具で、形は黒板消しに似ており、黒板消しの布部分が曲面になっている。それを足に装着して歩いているような感覚なのだ。当然疲れてくると躓きやすくなる。マサイでいるためには常に緊張感が求められると実感する仕様だ。

お墓では、

「あなたたちの子孫がとうとうマサイになります」

と報告。ついでにまだ空っぽの我が家の墓にも寄って、周りの雑草を抜いて帰ってきた。こうして一参りの単価を下げていかねばなるまい。

夜、太腿の横が少し痛いことに気づく。マサイの靴の力で、ふだん使わない筋肉が鍛えられたのだ。本格的にマサイへの道を踏み出した喜びで、マサイ族についてさらに詳しく調べてみる。すると、大変なことがわかった。

彼らの主食は牛乳とヨーグルト。しかも水汲みや料理、洗濯、家造りまで、日常生活のほとんどすべてが

女性の仕事で、その過酷な労働のせいもあってか、女性の平均寿命は四十代だそうだ。乳製品嫌いの私にとっては衝撃的な事実である。というか、年齢的にはもうとっくに死んでいるではないか。大丈夫か、私。

第19回　いやよ旅、再び①

二〇二三年九月

「なぜ山に登るのか。そこに山があるから……ではなく、担当編集者が勝手に計画したからだ」

今日、もし私が山で死んだら、そう墓碑に刻んでほしい。九月とは思えない強い陽射しを浴びながら、私は心の中で呟いていた。目の前には一枚の案内板が立っている。

「藻岩山《もいわやま》ルート　慈啓会《じけいかい》病院入口」

何度見返しても、書かれた文字に変わりはない。

「やっぱり登るんですか？」

「登るんです」

案内板の横には、森の中へと続く細い一本の道。登山道だ。我々はこれから札幌市民憩いの山（かどうかは知らないが）、藻岩山に登るのだ。我々、というのは、私と担当編集者のＳ氏と元担当編集者の元祖K嬢の三人である。

「いやあ、全然登りたくないんですけど」

「北大路さん、まだそんなこと言ってるんですか！　あっはっは！」

「大丈夫ですよ！　いざとなったらSさんがおんぶしてくれますから！　あっはっは！」

妙に明るいS氏と元祖K嬢の笑い声が虚しく響く。彼らはわざわざ山に登るために飛行機で札幌までやって来たのだ。山なら本州にもたくさんあるというのに。意味がわからない。

それにしても、面倒なことになってしまった。私の脳裏にここに立つまでの出来事が走馬灯のようによぎる。

この「キミコのよろよろ養生日記」の連載初回で、我が家の玄関に続く急階段を登山に見立てたこと。治療の副作用がキツい時は、その二十段の階段でさえ一気には上れなかったこと。そのつらさが中学校の登山遠足を思い出させたこと。あまりのつらさに当時、「もう二度と山には登らない」との誓いを立て、今もそれを守っていること。原稿を読んだS氏が「これで連載の最終回は決まりましたね。元気になってどこかの山に登りましょう」と、「はあ？　あんたほんとに私の原稿読んだの？　二度と山には登らんと明言してるでしょうが！」と襟首摑んで揺さぶりたくなるような感想を述べたこと。

一体何をどこで間違えたのだろう……といえば、まあS氏の感想であろう。それが根本的におかしいのは明らかだが、S氏の名誉のために言えば、彼はまだ私のことを何も知らないのである。私が、どれほど体力や運動神経がないか、どれほど筋肉の代わりに脂肪が発達しているか、どれほど動くのが嫌いで家でじっとテレビを観ているのが好きか、彼は今も知らないのだ。

なにしろ彼と会うのは今日でまだ三度目である。コロナ禍と私の病気が重なり、顔合わせすらできないまま原稿のやりとりだけを続け、初めて会ったのがちょうど一年前。北海道出張時にS氏が我が家近くの公園まで足を運んでくれて、そこでピクニックのように缶ビールを飲んだのだ。万が一の新型コロナ感染リスクを考えての屋外顔合わせである。二度目は先月。例の「マサイの靴」を携えて現れ、居酒屋で一緒に瓶ビールを飲んだ。そして三度目が今回の登山である。お互いを知るには決して十分とはいえない時間であり、私の「登山は嫌」がどれほど本気の「嫌」かを判断できなかった可能性は高い。

だが、私は気づいてしまった。今回の登山計画には、それを考慮しても余りある不可解さが残るのだ。何か。

缶ビール、瓶ビール、登山。

どうだろう。

缶ビール、瓶ビール、登山。

急過ぎではないか。「缶ビール、瓶ビール、日本

酒」ならまだわかる。「缶ビール、瓶ビール、泥酔」でも、まあいい。だが、登山。缶ビールと瓶ビールが醸し出す親密さに対し、瓶ビールと登山の間は不自然なほど遠い。なぜそれでいけると思ったのだ。

この独特の距離感に、私はずっと戸惑っていた。本来なら瓶ビールと登山の間に、二つを結ぶ然《しか》るべき何かが入るべきであろう。「然るべき何か」が何かはわからないが、たとえば世界一周豪華客船の旅とかだ。いずれにせよ、登山ではない気がするのは確かだ。

さらには「誰かこの急展開を止めなかったのだろうか」との思いも湧く。誰かといっても、この場合は元祖K嬢しかいない。ただし、問題が一つあって、彼女も付き合いの長さに反して、私の「嫌」を本気の「嫌」だと理解していない節があるのだ。

担当編集者だった時の吹雪の中の犬ぞり体験も、生まれて初めてのジェットコースターも、富士山麓の洞窟探検も、数十年ぶりの自転車も、「ほら、人生最後の海ですよ！」となぜか最後認定されたシュノーケリングも、全部「死ぬような気がするからやりたくない」と拒否したにもかかわらず、

「ほらほら、楽しいなあって言ってください！　そうすれば楽しくなりますから！」

と怪しい自己啓発的発言でもって、全行程を押し切った。私は一度も「楽しいなあ」とは口にしなかったので、結果としては彼女だけが自己暗示的に楽しくなっていたに違いない。そんな元祖K嬢である。登山を勧めることはあっても、止めることはないだろう。彼女も「缶ビー

ル、瓶ビール、登山」の仲間なのだ。
ちなみに元祖Ｋ嬢はここへ来る前、我が家へ寄って猫と遊んだのだが、「か、かわいーーー」とでろでろになった彼女に「撫でてもいいよ」と言うと、

「いえいえ、初対面の人間に突然触られるのは猫は嫌がりますから」

ときっぱり断り、なぜか猫への距離感は慎重かつ適切で、そこは解せないのだった。

いずれにせよ、もう誰も頼れない。Ｓ氏は私のことを何も知らず、元祖Ｋ嬢は人間より猫に対して慎重だ。暗い気持ちで、改めて案内板を見上げた。そこには、藻岩山山頂へ向かう五本の登山コースが描かれている。中でもこの慈啓会病院前コースは、「最も人気があり、いつも多くの登山客でにぎわって」いるらしい。確かに私が案内板を見ている間にも、というか案内板の前で走馬灯を見ている間にも、何人もの人がにこやかな表情で行き来していた。

山頂までの距離は、約二・九キロ。公式サイトによると、「道は、ほぼ全てが整備されていて山登りを始めたばかりの人でも登りやすい」、つまりは初心者向けコースということになる。事前にＳ氏から送られて

きた行程表にも、「ゆったりペースで九十分」の文字があった。

だが、私はそのような戯言《ざれごと》は一切信じていない。そもそも藻岩山の標高が五三一メートルということからして、私は疑っている。かつて登山遠足で実際に登った際の体感では、二千メートルはゆうに超えていたからだ。いや、二千メートルの山に登ったことはないけれども、当時の疲れ具合からみて、おそらくはそれくらいのはずだ。

「藻岩山、二千メートルはありますよ」

しかし、いくら私がそう訴えても、

「いやいや五三一メートルですってー」

とS氏は軽く受け流すだけだ。一方の元祖K嬢は、

「え？　北大路さんが二千メートルって言うから本当に二千メートルかと思ってましたー」

と、それはそれで、あなた東京から朝の飛行機で札幌に来て、うちで猫と遊んで、お昼に皆でお鮨を食べて（食べたんです）、そこから二千メートルの山に登るつもりだったの？　との驚きは隠せない。

私は孤独だった。理解者はおらず、体力に自信はない。登頂できないのではという不安はやがて確信に変わり、疲労のあまりパニックを起こした私が登山道を外れ、追ってきた二人とともに遭難する未来しか今は見えなくなっていた。

山中で夜を迎える三人。暗闇からふと生臭い獣の臭いがする。羆だ。羆が我々を狙っている

のだ。

「す、鈴を鳴らして！」

我々は武器を持っていない。S氏はこの登山のために熊除けの鈴をネットで購入し、それが届いた日には、

「自宅マンションの廊下をチリンチリンと鈴の音が近づいてきたかと思うと部屋の前でぴたりと止まったのです」

と怪談みたいな体験をしていたが、我々の羆対抗グッズはそれだけなのだ。夜の山中で鈴を振り続ける自分の姿を思い浮かべては、絶望ばかりが募る。

そもそも私は山に登るべき人間ではないのだ。その証拠に、今日は水すら持たずにやって来た。どこかで買おうと思いながらも昼食の鮨を食べたり、

「ビール飲んでいい？」

「ダメです」

と断られたりしているうちに登山口に着いてしまい、そして登山口には自動販売機はなかったのである。

あの時、もし元祖K嬢が、「ちょっと訊いてきます

ねー」と見知らぬ老人施設にどんどん入って行って、中の自動販売機で水を買わせてもらうというアクロバティックなサバイバル力を見せなければ、無謀にもこの暑さの中、水なしで山に登って脱水症状に陥るか、コンビニ捜しに時間と体力を費やして出発前から迷惑をかけていたであろう。やはり登山などというものは、S氏のような体力のある人、もしくは元祖K嬢のような破格の行動力の持ち主しか実行してはいけないに違いない。私に山登りの資格などないのである。

……ああ、何を見ても聞いても思い出しても、思考が後ろ向きになる。公式サイトの甘言《かんげん》も信じられなければ、「(今回の行程は)七十代後半の体力でもお楽しみいただけるプランになっております」というS氏の言葉も信じられない。

「Sさん、絶対ハイキングと勘違いしてるだろ」

見ると、S氏は虎の顔が前面に大きくプリントされたTシャツ姿で、晴れやかにあたりを見渡している。初めて会うことになった時、目印として、

「私が虎になって公園の叢にいますから、北大路さんは『我が友、李徴子ではないか!』と声をかけてください」

と『笑点』の大喜利のようなことを言い、本当に虎の顔柄のシャツを着て現れたのだ。以来、私と会う時の服は虎と決めているらしい。今日の虎もとても大きく勇ましく、しかし、その顔すら今の私にはプレッシャーだ。

「では、そろそろ行きますか」

ついにS氏が言った。藻岩山が五三一メートルであること、ここが初心者向けコースであることを疑わない、『イノセント』というタイトルをつけて美術館に展示したいくらいの無邪気な笑顔である。

もう逃げられない。掲示板に貼られた羆出没情報を横目に、悲壮な覚悟で登山道の第一歩を踏み出した。そして二歩、三歩。あれ？ なんと予想に反して、全然山道っぽくないではないか。地面には凹凸がなく、とても歩きやすい。上りの傾斜も緩やかだ。

これならいけるかも、と私はここで初めて少し明るい気持ちになった。そうだよ、「山登りを始めたばかりの人でも登りやすい」と書いてあったじゃないか、と公式サイトへも突然の信頼回復である。足取りも軽く、

「お、北大路さん、快調じゃないですか」

二人に褒められ、少し照れた。

山登りを始めたばかりの人でも登りやすいということは、山登りを始めていない人には登りやすくなく、

そして私は仕事でここにいるだけであって、別に山登りを始めてはいないと気づくのは、もう少し後のことである。

先頭を行くS氏の腰で、熊除けの鈴がカラコロと鳴った。

第20回　いやよ旅、再び②

二〇二三年九月

いつからだろう。宇宙人のことを考えていた。地球を征服するために遥か彼方《かなた》の星からやってきて、我々地球人の生態を事細かに観察している宇宙人である。その宇宙人が私の脳内にふいに現れ、そして居座り続けていた。ヤツは言う。

「オマエたちニンゲンはバカなのか?」

宇宙人が現れる前、登山はすこぶる順調だった。足取りは軽く、ひょっとしたらS氏の言う「七十代後半の体力でもお楽しみいただけるプラン」というのは本当なのではないかという気すらしていた。「このまますいすい登って一時間後には山頂でビール飲んでたりして?　あんまり順調で原稿に書くことなくなって困ったりして?」などと笑みまで漏れてくる始末で、よくもそんなに調子に乗れたものだと思う。

だが、そんな驕《おご》り高ぶった気持ちは、標高二千メートル（体感）の藻岩山に、あっという間に叩き潰されてしまう。

なにしろ暑いのだ。九月の北海道の、しかも山の中だというのに、とにかく暑い。前を行くS氏も後ろを歩く元祖K嬢も、「北海道ナメてました！　めちゃくちゃ暑いですね！」と訴えている。S氏は大きなリュックを背負い、元祖K嬢は私の分の水も持ってくれての登山で、確かによけい暑さが応《こた》えそうだ。私は斜め掛けの小さなバッグ一つでほぼ手ぶらであるから、せめて水くらい自分で持つべきであったが、それもどうかなと思って言い出さなかった。「どうかな」ってどういうことだろう。自分でもわからない。

いずれにせよ、暑さは体力と希望を奪う。体力と希望のない登山は苦行に等しく、その苦行が山頂まで続くのだ。一度歩き出したが最後、リタイアする場合を除いては、ほかにすることもなく、ずっと上り坂を上り続ける。登山とはなんと過酷で退屈なレジャーか。

いや、山に登りながら退屈というのも変な話だと思うが、私は元来「黙々と歩く」という行為自体が苦手なのだ。すぐに飽きる。今でこそ散歩に励んでいるものの、それは「適度な運動」が病気の再発リスクを下げると知ったからである。薬みたいなもので、できれば歩かずに済ませたいのだ。当然、散歩中も退屈で、きょろきょろとよそさまの庭の花を眺めたり、窓のカーテンのぐちゃっとなった家を数えたりしている。朝早くに散歩に出ると、カーテンがぐちゃっと撚《よ》れている家がよく目につくのだ。それを見ながら「我が家はカーテンだけはぐちゃっとならないようにしよう」と心に誓う意地の悪さだ。

だが、山にはぐちゃっとなったカーテンすら存在しない。森の空気は清々《すがすが》しく（暑いけど）、緑の葉は陽の光を受けてキラキラと眩しく（暑いけど）、日常とは違う空間で心も身体も浄化される（暑いけど）気がするが、しかし退屈は退屈だ。登山道には道の駅もなければ映画館も居酒屋もアイスクリーム屋さんもない。あるのは石仏くらいである。

くらい、というと罰があたりそうなので慌てて言い直すと、登山道の脇に「西国三十三所観音」を模した観音像が建てられているのである。赤いよだれかけ姿にすっかり勘違いして、我々はずっと「お地蔵さん」と呼んでいたが、本当は観音様だそうだ。地蔵菩薩ではなく観音菩薩。同じ菩薩仲間だから呼び間違いには目をつぶってもらうとして、山を登る以外にすることのない我々は、その観音像を励みにしていた。

で、三十三なんてすぐだと思うでしょう。というか、一番観音像と三十三番観音像は麓のお寺にあるので、実際は三十一。三十一ならなおのことすぐだと思うでしょう。ところがこれが全然進まないのだ。足は重くなり、息は切れ、汗が流れ、でもまだ五番。

「あれ？　さっき十四番だったのに今五番って何？」

見てもいない十四番観音像が見え、と同時に脳内で宇宙人が囁《ささや》き始める。

「オマエたちニンゲンはバカなのか？」

「さっきからナニをやっているのだ？」

宇宙人は合理主義なので、レジャーとしての登山が理解できないのだ。歩いて疲れて高いところに登って何になるのかと、偶然にも私と同じ疑問を抱いている。彼らは言う。

「オマエたちニンゲンは何のためにロープウェイを発明したのだ？」

そう、藻岩山には立派なロープウェイがあるのである。そのロープウェイとミニケーブルカーを乗り継げば、ものの数分で山頂なのだ。それを使えよ、ニンゲンよ。というかS氏よ。

だが、S氏はただひたすら石仏をカウントしている。まるで石仏だけが我々を山頂に導いてくれると信じているようだ。

「ほら北大路さん、六番のお地蔵さんですよ！　あそこに七番も見えます！」

「あ、ほんとだ！」

S氏に合わせて明るく答えたものの、実際はまだ六番なのが信じられない。さっき十四番の仏様がいなかったっけ？

混乱する私の後ろで、

「ええっ！　まだ六番ですか！」

と元祖Ｋ嬢が叫ぶ。振り向くと、水浸しの元祖Ｋ嬢が呆然と立っていた。なぜ水浸しなのかというと、汗である。本人曰く、「摂取したものがすぐに排出される体質」だそうで、既に汗だくなのだ。そういえば彼女は歩きながら「全裸」を連呼していた。

「暑い……。もう裸で、全裸で歩きたいです。全裸になりたい。本当に全裸になりたい……全裸……全裸……」

ちょっと怖いが、摂取したものがすぐ排出されるように、思ったことが脳を通さずに外に漏れ出ている可能性もある。

観音像を地蔵と呼ぶＳ氏、心のこもらない台詞を口にする私、裸になりたがる元祖Ｋ嬢。

得体の知れない三人組を、老若男女の登山者が熊除けの鈴の音とともに、「こんにちはー！」と追い抜いて行く。年齢も性別もまちまちだが、共通しているのは皆、我々より明るく元気だということだ。中にはトレイルランニングというのか、山道を駆け抜ける人もいて、その余っている体力を千円で売ってほしかったのである。

出発から約三十分、這うようにして「日本初のスキ

ーリフト跡地」に到着した。戦後すぐ進駐軍専用スキー場に設置されたもので、今はちょっとした広場のようになっている。そこでしばしの休憩。全員、肩で息をしているが、信じがたいことに、観音像でいえばここはまだ九番を過ぎたあたりである。

「七十年以上前からリフトがあったというのに、オマエたちはナニをやっているのだ？」

宇宙人は本当にいいことを言う。とりあえず座り込もうとした私の前に、S氏がすかさずリュックの中からレジャーシートを取り出した。

「おお！」

ずいぶん大きなリュックだとは思っていたが、そんなものを隠し持っていたとは。ひょっとするとこの後、キンキンに冷えたビールなども出てくるのでは？　と期待して待ってみたが、さすがにそれはないようである。ないのかよ。

「いやあ、思ったよりキツいですねえ。正直、藻岩山ナメてました」

休憩中、S氏と元祖K嬢が口を揃えてそう言った。私が訴えていた藻岩山登山のつらさを本気にしていなかった自白である。

「だから言ったじゃないですか。藻岩山は二千メートルはあるって」

二人を糾弾しつつ、しかしそれより心配なのは、元祖K嬢だ。見れば、さっきよりさらに水浸しである。いくら「摂取したものがすぐに排出される体質」とはいえ、彼女が飲んでいるのはペットボトルの水だけである。絶対に摂取した以上に排出されているだろう。

大人の場合、体内の六割以上は水分だと聞く。もしそれが全部出てしまったらどうなるのだろう。小学生の時に図鑑で見た干し首のようになるのだろうか。水分が抜けた首は小さくて、どことなく胡桃《くるみ》っぽかった。そうなっては元祖K嬢も困るだろうし、私も嫌だ。サイズ的にはS氏のリュックに入って便利かもしれないが、そういう問題でもないだろう。

「これ塗る？」

少しでも彼女の発汗を止めようと私はバッグに入れっぱなしだったハッカスプレーを取り出した。ハッカは肌に塗ると、ひんやりとして気持ちがいい。

「首や腕にスプレーするといいよ」

「ありがとうございます！　あ、ほんとにスースーする！」

喜んでくれた元祖K嬢だったが、しばらくすると「うわあ！」と叫び声をあげた。スプレー後にきちんと延ばさなかったため、ハッカ成分が皮膚の灼熱《しゃくねつ》感を生んだようだった。

「熱いです！　首がものすごく熱いです！」

「え？　大丈夫？」

と言いながら、頭の中では「これぞほんとの発火成分」というダジャレが渦巻いている自分に驚く。たぶんかなり疲れているのだ。私も疲れているが、ハッカにやられた元祖K嬢も、石仏だけを心の励みにしているS氏も、おそらくは疲れている。

実際、十分ではないかという気がする。三十分も登山道を歩いたのである。本人が登山をしたと思えば、これはもう立派な登山ではないか。私はそれを「仁和寺《にんなじ》にある法師」方式と呼んでいるが、たとえ途中で引き返したとしても本人が満足していればいいのだ。もし問題があるとしたら、吉田兼好に見つかって『徒然草』に書かれることくらいであろう。しかし、彼はもうずいぶん前に死んでいる。

「よし、元祖K嬢が干し首になる前に勇気をもってここから引き返しましょう」

だが、私がそう口にするより一瞬早く、

「では、そろそろ行きますか」

とS氏が言った。

「あ、はい」

あまりのタイミングのよさに、思わず立ち上がってしまう。シートを畳もうとすると、自分でやるからとS氏に止められた。元祖K嬢によると、「Sさん、几帳面だから自分でやりたいんです」ということであったが、そんな几帳面な彼が私の担当になって締切を破られ倒していて気の毒である。

嫌々ながら登山を再開するも、ペースは上がらない。というか、むしろ落ちた。「休めば休むほど疲れる」と中学校の登山遠足で教師に言われた時は、あまりの理不尽さに憤慨したものだが、案外本当なのかもしれない。身体はますます重くなり、息は上がりっぱなし。登山道も荒れ始め、太い木の根や石がゴツゴツと行く手を阻む。しかも相変わらず我々のやることといったら歩くことだけで、ものすごく疲れているのに退屈なのだ。

「ほら、地蔵ですよ！　休憩です！」

S氏が叫ぶ。いつしか「地蔵」こと観音像は我々の休憩スポットになっていた。とにかくいちいち休む。もう休むために登っているようなものである。休みながら私は観音像に心の中で手を合わせていた。

「神様、どうか今すぐ藻岩山の標高を半分くらいにしてください」

既に観音様だか地蔵様だか神様だか仏様だかわからなくなっている。そんな私に、宇宙人が語りかける。

「オマエはバカなのか？　頼るべきはジゾウではなくロープウェイではないのか？」

そう、宇宙人は常に正しい。でも、もうどうしよう

もないのだ。私の横で元祖K嬢が毛先からぽたぽたと汗の雫《しずく》を垂らしている。ああ、神様仏様宇宙人様、彼女が干からびる前に山頂に辿り着くことができますように。

第21回　いやよ旅、再び③

二〇二三年九月

この山は終わりのない山かもしれない。

スキーリフト跡地での休憩後、まったく回復しない疲れの中で、そんなことばかりを考えていた。登れども登れども、山頂が見えない。まあ、登れども登れどもといっても、出発からまだ一時間も経っていないのだが、それにしてもおかし過ぎる。まるでずっと同じ道をぐるぐると歩いているようだ。

S氏が息を切らしながら言う。

「北大路さんの、言うとおり、この山は、本当に、二千メートル、あるかも、しれません」

出発前までは、私の藻岩山標高二千メートル説を笑い飛ばしていたS氏だが、彼も何か妙だと感じ始めたのかもしれない。

「だから言ったじゃ、ないですか」

そう答えてみたものの、ここが終わりのない山ならば、今更何を言っても手遅れだ。我々は、というかS氏は私の忠告を無視したことを後悔しつつ、延々この山を登り続けなければならないのだ。

「もっと、高尾山《たかおさん》みたいな、感じかと思ってたんですけど、藻岩、山って、ちゃんと登山、なんですね」

懺悔《ざんげ》するようにS氏が続ける。高尾山がどんなところかは知らないが、コースによってはハイキング的な軽い雰囲気で登れる山らしい。

「だから言ったじゃ、ないですか」

「地蔵（観音像）も、まだ十番台とか、キツ過ぎます」

「だから言ったじゃ、ないですか」

「あの、私、なんか、太腿が冷たいです」

S氏との虚しいやりとりに、元祖K嬢が突然割って入る。

「暑いのに、太腿だけが、冷たいんです」

そう言われても、何と答えていいのかわからない。

「太腿が……？」

「太腿が……」

「そうですか……」

疲労の蓄積が、我々から思考力と語彙力を奪っていくのがわかる。口数は多いのに、驚くほど意思の疎通が図られない。

「暑い」

「疲れた」

「だから言ったじゃ、ないですか」

「あ、地蔵ですよ」

「全裸になりたい」

「休憩、休憩、地蔵休憩」

「太腿が冷たくて」

「暑い」

「疲れた」

「全裸になりたい」

「だから言ったじゃ、ないですか」

「太腿が」

「あ、地蔵ですよ」

「全裸に」

延々と同じ会話が繰り返され、そのくせ歩みは遅い。

自分たちが本当に山頂に向かっているのかも疑わしく、この登山にもう希望などどこにもない気がした。時折、上を見上げては、

「あのあたりで、緑が切れているから、あそこが、山頂かもしれない」

と三人で確認しあう。しかし、それは希望というよりは、人類滅亡直前、わずかに生き残った者たちが、幻の理想郷を目指す物悲しさに似ていた。

「もし理想郷に辿り着くことができたら、我々はあらゆる苦悩から解き放たれ、快適な空調と冷えたビールの下で暮らすことができるに違いない」

だが、「あのあたり」はいつまで経っても現れなかった。逃げ水のように近づいたかと思うと、消えていく。現実には山道ばかりが続き、しかも永遠に終わらないのだ。

「暑い」

「疲れた」

「太腿」

「だから言ったじゃ、ないですか」

「全裸」

「あ、地蔵」

同じ世界が何度も目の前に現れる。登山は退屈なものではあるが、それにしても奇妙だ。まるで狐にでも化かされているようではないか。

以前も何かに書いたが、実は私は狐に化かされたという人を二人知っている。一人は母方の祖母で、もう一人は実の父だ。いや、正確には父の場合は、狐に化かされている最中の人に会ったのだそうだ。子供の頃、親に連れられて山菜採りのために山に入ると、籠を背負ったおじいさんが息を切らしながら同じ場所をぐるぐる歩いている。しかも歩きながら籠の中にせっせと石や枯れ草やゴミを詰めているという。

「おじいさん、何してるの？」

思わず尋ねると、

「山菜が採っても採っても採りきれないんだ！　なんぼでもあるんだ！」

と興奮気味に答える。それは山菜ではなくゴミではないかとの指摘には、

「何言ってるんだ！」

と血相を変えて怒ったらしい。父が言うには、狐に化かされた人はぐるぐると同じ場所を歩き続けた後、疲れ果てて腰を下ろしたところでふっと我に返るのだそうだ。

もしそれが本当なら、我々も狐に化かされている可能性があるのではないか。思えばS氏の大きなリュック。中にはレジャーシートが入っていたが、それだけでは大きさの説明がつかない。石と草とゴミを詰めてこその大きさであるのだ。

「だとすると、本当に山頂に着く時など来るのだろうか……」

私の独り言に、

「いいえ、本当は山など存在しないのかもしれません」

なぜか元祖K嬢が答えた。

「山とはすなわち概念であり、私たちは今、概念を登っているのです。山が概念だとするとこの疲労もまた概念……」

全身から大量の汗を流しながら、どこか遠くを見るような澄んだ目で言う。怖い。新しい形の解脱《げだつ》か何かだろうか。そういえば彼女は今回、得意の『楽しいなあ理論（ほら、楽しいなあって言ってください！　そうすると楽しくなるんです！）』を強要してこない。聞けば「心と裏腹の言葉を出すと精神的によくない」ことがわかったらしい。

私に言わせれば「今更？」である。かつて『いやよ旅』で『楽しいなあ理論』に抗い、「思ってもいないことを口にするのはダメだろう」と拒否した私がやはり正しかったのだ。藻岩山標高二千メートル説を笑い飛ばしたS氏といい、本当に私の話を聞かない人たちである。ついでに思い出したが、登山開始前に、

「いざとなったらSさんがおんぶしますよ！　荷物は私が持ちます！」

と豪語していた件はどうなったのだろう。登山が始まってから、一切そんな話は出ていないが、もうだいぶ「いざ」なのでは？

さまざまな思いが渦巻くが、なにはともあれとにかく暑い。帽子を被っても脱いでも暑い。というか、化学療法の副作用で一本残らず抜けた髪の毛は未だ生え揃わず、汗で濡れると落ち武者のキューピーのようになる。そのため、絶対に帽子は脱ぐまいと思っていたのだが、もうそんなことはどうでもよくなってきた。落ち武者キューピーとすれ違う登山者はびっくりするだろうが、その前後にはひたすら観音像の数を数えるS氏と、全身から異様な量の汗を流し続ける元祖K嬢がいるのだ。山に出没する悪い妖怪一行だと思ってくれるだろう。

「あ、ほら！　平地、ですよ！」

S氏の指さす先に、「馬の背」が見えた。馬の背はその名の通り馬の背のような細い尾根で、藻岩山の場合はほかの登山ルートとの合流点というか分岐点にもなっている。

「平らだ……」

設置されたベンチに、頽《くずお》れるように座り込む。もし

狐に化かされているのだとしたら我に返るはずの瞬間だ。そうならなかったのは、少しずつ頂上に近づいているからだろうか。息を整える我々の前を、「こんにちはー！」とほかの登山者が何人も通り過ぎて行く。

「こんにちは……ていうか、休まないのかよ……」

思わず声に出たが、本当に個々の体力差というのは恐ろしい。我々が宇宙人やら概念やらを総動員して乗り越えようとしている道のりを、散歩のように易々とクリアする人が多くいるのだ。

この時点で出発から一時間余りが経っていた。馬の背にある案内板によると、山頂までは残り一・一キロである。

「一・一キロ！　すぐじゃないですか！　ボルトなら百秒ですよ！　行きましょう！」

急にテンションの上がった元祖K嬢が叫ぶ。ボルトというのは、元陸上選手のウサイン・ボルトのことだ。百メートルを九秒台で走るのだから、計算は合っているが、さすがの彼も山道はどうなのか。というか我々は誰一人ボルトではないのでは？　という当たり前のことすらも思い浮かばない。

ハイテンションのまま馬の背を出発し、

「もう三十秒くらい経ちましたよね！」

「あと七十秒！」

盛大に盛り上がるも、実は観音像はまだ十八番であり、しかもこのあたりから急激に悪路となる。岩や石がゴロゴロと露出し、傾斜も急だ。つづら折りの登山道脇は、険しい崖。もちろん未だ山頂は見えない。

「百秒、って、何秒だっけ……?」

「わかり、ません……」

一気に上がったテンションは、一気に下がる。私は岩に躓いてよろけ、元祖K嬢は髪の毛から汗の雫をぽたぽたと垂らした。

「暑い」

「疲れた」

「だから言ったじゃや、ないですか」

「あ、地蔵」

「太腿」

同じ世界に再び迷い込みかけたその時、元祖K嬢が「ああっ!」と大声を出した。

「私、ずっと太腿って言ってましたけど、二の腕と間違えてました! 冷たいのは二の腕です!」

ギリギリだと思った。終わりのない山に迷い込んだ三人組が、力を合わせて……というほど合わせてはおらず、「S氏が私を背負って荷物は元祖K嬢が持つ」案も葬り去られてしまったが、それでも全員ギリギリのところで頑張ってきたのだ。大の大人が太腿と二の腕がわからなくなるくらいである。もういい。たとえこの登山が一生終わらなくても、三人で出口のない世界を生きていけばいい。そう覚悟した瞬間、

「三十二番!!」

S氏の声が響いた。なんと山中最後の観音像が現れたのだ。

「うおおおお!」

こんなに喜んでいる登山者などほかにいるだろうか。否、いない。だが、そんなことはどうでもよかった。歓喜に押されるように最後の斜面を登ると、そこは藻岩山の山頂である。所要時間、百十分。らくらく九十分コースがヘトヘト百十分コースとなったが、とにかく無事に登り終えたのだ。

「アア……タテモノガアル」
あれほど夢見た頂上という名の理想郷。広く明るく、そして文明の香りがする。感激のあまり片言になった私はS氏に尋ねる。
「アソコニビールアリマスカ?」
もちろんあるのである。

第22回　いやよ旅、再び④

二〇二三年九月

我々は戸惑っていた。藻岩山の山頂があまりに眩しかったからだ。永遠に終わらないかと思われた長く辛い登山。まあ、実際は百十分であったが、しかしその百十分の間、我々は怒り、悲しみに絶望しながらも、ひたすら狭い山道を登り続けたのだ。

視界に入るものといえば、地面や岩や木々の緑や汗に塗《まみ》れた元祖K嬢だけ。聞こえるのは鳥の囀《さえず》りとS氏の観音像を数える声ばかり。山で暮らす妖怪のようにすっかり自然に溶け込んでいた我々は、目の前に突如現れた山頂の都会的輝きに圧倒されるしかなかった。

「アスファルト！」

「鉄筋コンクリート！」

「展望台！」

「エレベーター！」

「汗でドロドロになっていない人たち！」

ついい数時間前までは当たり前にあった景色が、もはや初めて触れる文明並みに新鮮である。江戸から現代にタイムスリップしたような衝撃というか、大昔に見た「温泉の大浴場へ向かうビニールトンネルを全裸にタオル一枚巻き付けて滑り下りると、その先はホテル前の駐車場」という昭和のドッキリ番組を思い出すというか、とにかく別世界に「迷い込んでしまった」感がすごい。

きれいなワンピースを着たお姉さんたちが、すれ違いざまに我々の方をちらりと見る。街の空気をまとったまま、ロープウェイでさらりと山頂までやって来た人たちだ。一方の我々は、落ち武者キューピーの私を筆頭に、汗まみれのS氏と元祖K嬢である。なぜか全員目だけがキラキラと輝いていて、しかも声がでかい。登山ハイとでもいうのか、山中、「ボルトならあと百秒で頂上ですよ！」と声をかけ合ったボリュームのまま、

「文明社会だ！」

「階段だ！」

「もう何も上りたくない！」

「でも上りやすい！」

と、笑顔で脳内をだだ漏らしている。いくらロープウェイ組から「山に棲む悪い妖怪一味」との視線を向けられようとも、どうしても思考を留《とど》めておくことができない。

「汗すごいです！」

「このままじゃ風邪ひきますよ！」

「着替えましょう！」

「Tシャツ買いましょう！」

「ショップに絶対売ってますよ！」

「売ってますね！」

「行きましょう！」


我々がどこへ何をしに行くつもりかすべて開陳しながら土産物店へ向かう。目についたオリジナルTシャツは二種類。迷った末に、羆がプリントされたものを買った。迷った末にというか、実際は元祖K嬢が「ボルトならあと百秒で！」の声で、

「こっちはダサいから嫌！」

ともう一方を拒否したのだ。「モイワ」の文字がデザインされたシンプルなTシャツで、私とS氏は、

「いや、別にダサくないですよね」

と顔を見合わせたが、

「絶対嫌っ！」

とのことであった。後に、

「考えてみればあれは別にダサくありませんでした……」

と憑き物が落ちたような顔で元祖K嬢が言っていたが、憑いていたのはおそらく羆だ。羆が彼女に羆Tシャツを買うよう仕向け、いい歳をした我々に必要のないお揃いを選ばせたのだ。

そのせいで、着替え後は、「悪い妖怪一味」感がいや増した。「山に棲む悪い妖怪三人衆が、人間に扮《ふん》して観光旅行。見よう見まねで揃いのTシャツを着て浮かれまくるが、尻尾が見えてますよ」という感じがするのだ。

「何者ですかね、我々」

と、自分たちの正体すらわからなくなったところで、しばしの休憩。元祖K嬢はかつて『いやよ旅』でも見せつけたリサーチ力で、登山前から山頂で食べられるすべてのフードメニューを把握、「なんとか（覚えられない）がすごく美味しそうだったんですよ」「でもかんとか（覚えられない）も食べてみたいんですよねえ」「どれがいいですかねえ」とうっとり語っていたが、これまた『いやよ旅』で発揮した煮え切らなさでもって店頭で迷い倒していた。

「百十分の間、何をしていたんだ」

と思うが、まあ山に登りながら二の腕と太腿を間違えたりしていたのだ。しかも、ようやく選んだ一品は期待外れだったらしく、

「思ってたのと違う……」

としょんぼりしている。その点、ビール一択の私に落胆はない。ビールはたいてい想像しているとおりの味であり、本当に素晴らしい飲み物であるのだ。

人心地ついたところで、展望台へ向かう。札幌の街は相変わらず立て込んでいた。私は情緒が欠如しているのか、こういう時に「あの小さな家々の一つ一つに誰かの人生があり、幸福があり、不幸があり、愛も涙も怒りもある。それが生きるということ」と感慨にふけるタイプではなく、

「なんか立て込んでるなあ」

と漠然と思うタイプなので、今回も札幌の立て込み具合のみを確認した。非常にみっしりしており、日本最北の政令指定都市の名に恥じない立て込みであった。

少し寂しかったのは、北海道百年記念塔がなくなっていたことである。長く札幌市民である者として、高い所に上った時は百年記念塔を探す癖がついていたのだが、その記念塔は老朽化等を理由に今年八月、解体されてしまったのだ。

開道百年を記念して建てられた塔が、わずか五十年

余りで老朽化とは切ないというか何というか。せめて百年は保《も》たなかったのか、おまえの考える百年の意義とは何なのだと記念塔の胸ぐらを摑みたくなるが、記念塔が悪いわけではない。
竣工時のお祭り騒ぎ的な盛り上がりと、ひっそりと消えていった終焉の両方を知る身として、弔いの気持ちを込めてかつて記念塔があったと思しき方向を眺めてみる。方向音痴なので本当は全然違うところを見ていた可能性も高いが、実物はもう消えてしまったので別にいいのだ。

この頃から、山頂にはなんとなく涼しい風が吹き始め、人も増えてきた。時刻は午後四時過ぎ。日はまだ高いものの、これから夜景を見ようというロマンティックな下界民たちがロープウェイとミニケーブルカーを乗り継いで集まってきているのだ。

「山に登るというのに、ちゃらちゃらした格好しちゃって。この甘えっ子が」

と、言いがかりをつけたくなるのをグッとこらえてというか、本当はちょっとだけ声に出して、彼らと入れ替わるように下山にとりかかる。下山といっても今から山道を下りては本格的に遭難コースなので、山頂駅からミニケーブルカーに乗り込むのである。

チケットを買い、ガラス張りの小さな箱に乗車。すると、なんということでしょう。山の斜面を滑るように下りること二分、あっという間に中腹駅に到着したではないですか。

「逆だろ！」

言うまいと言うまいと思っていても、つい口をつくのが人情というものである。

「上りにこれ使うべきだろ！」

長く苦しい登山の最中に、幾度となく胸に湧き上がった思いが、また溢れ出る。しかも中腹駅でロープウェイに乗り換えてからは五分で麓である。計七分。

「ボルトより速いじゃないか！」

あれほど苦労して登った山を、わずか七分で下り切る事実に、

「なぜ人は山に登るのか」

根本的な問いが、再び蘇る。

なぜ我々は藻岩山に登ったのか。どうせ七分で下りるのに。雪国に住み、「なぜ人は冬に毎日雪かきをするのか。どうせ春にはとけるのに」という問いには、「しないと家に出入りできないから」との結論を得ているが、しかし、山に関しては答えが出ない。

今の私にできるのは、

「もう二度と山なんて登らない」

との決意だけである。できれば「藻岩山麓の誓い」として「桃園《とうえん》の誓い」のようにS氏と元祖K嬢と三人で手を取り合い約束したかった。

「我ら妖怪三人、今後何があろうともどんなに原稿のネタになりそうでも、決してキミコを山には登らせないことをここに誓う」

私としては故事として後世に残したいとすら思ったが、S氏も元祖K嬢もすっかり下界民の

顔に戻り、「あっちにコンビニありますよ」とさっさと行ってしまった。お揃いのTシャツを着ているというのに、薄情なものである。仕方なく自分一人の誓いとし、

「もう二度と来ないからな」

と聳《そび》える藻岩山に誓ったのだった。

そのコンビニでは、今夜に備えて飲み物やお菓子を調達。これから定山渓《じょうざんけい》に一泊するのだ。宿泊にあたりなにより大事なのはビールなので、六本パックをカゴに入れる。と、

「ええっ？　パックで？」

S氏も元祖K嬢もなぜか異様に驚いている。パックで売っているものをパックで買って、何が悪いのだ。心がどんどん離れていくのを感じる。山の中で生死の境をともにした（という事実はないが）三人が、今はもう他人に戻ってしまった。三人で最後の一杯の水を分け合った（という事実もないが）友情も幻だったのだ。今では六本パックのビールを買うくらいで、大騒ぎである。

心が離れたまま乗ったタクシーの中では、元祖K嬢の趣味の話を聞いた。彼女は今、格闘技

を習っているらしい。

「ストレス解消にもいいかと思って、最初は嫌いな人の顔を殴るイメージでやってたんですけど」

「うん」

「でも、嫌なヤツの顔を思い浮かべるのもバカバカしくなって、そう考えるのはやめたんです」

「なるほど」

「で、私もそこまで悪人じゃなかったんだなと思いました。わりといい人だなって」

「え？」

私は以前、「私は人柄がいいので原稿を書かずとも人柄に原稿料を払ってほしい」と言い倒していた時期があったのだが、そんな私に対して彼女は、「本当にいい人はそんなことは言わないですよー」と断言していたのである。その時のことが脳裏をよぎる。そもそも本当にいい人は嫌いな人を殴る想像をしないのでは？

夕方六時過ぎにタクシーは宿へ到着。出迎えのスタッフから開口一番、

「あ、お揃いですね」

と羆Tシャツを指摘された。我々の心が離れかけていることも知らず、にこにこと微笑《ほほえ》んでいる。

「皆さんはどういうご関係ですか？」

「……し、仕事関係？」

不意の質問にうろたえつつ、S氏が答える。

「そうなんですね。仲がいいんですね」

「ええ、とっても」

山に棲む悪い妖怪一味から、揃いのTシャツを着て人間のふりをする妖怪三人衆へと変化《へんげ》した我々が、お揃いの服で旅行を楽しむ仲良し同僚となった瞬間である。ここにきて、ようやく人間に昇格である。そして実はこの後、宿の食事スタッフにより新たな関係性が付与されるのだが、それはまた次回の話。いつまで続く「いやよ旅、再び」編（たぶんあと一回）。

第23回　いやよ旅、再び⑤

二〇二三年九月

世界は広い。

宿の部屋に設えられた檜《ひのき》風呂に浸かりながら、そんな言葉がふいに浮かんだ。暑くて汗みずくで全身ドロドロで行けども行けども葉っぱと石ころばかりだった登山道と、広くて涼しくて床が平らでふかふかのベッドとお肌すべすべになる温泉と冷えたビールのある宿。この二つが同じ世界に同時に存在している事実が、奇跡に思える。

「これが人生の幅というものか」

妖怪から人間へ。ドロドロからすべすべへ。わずか数時間での激変である。

窓を開けて、浴室に風を入れる。夜の澄んだ空気を胸いっぱい吸い込む。登山の疲労はもちろん、宿のスタッフの説明を適当に聞き流していたせいで湯張りボタンを見つけられず、

「お湯くらい景気よくバシャーッと出してくれよ！　温泉なんだからよ！」

と、ガラ悪くイラつきながら、足し湯ボタンを延々押し続けて湯を溜めた疲れも溶けていくようである。

それにしても、途中でリタイアせずに済んで本当によかった。正直、体力的にかなり不安だったのだが、なんとか無事に登頂できたのは、病み上がりの私のために万端の準備を整えてくれたS氏と元祖K嬢のおかげ……と感謝しかけて、はたと気づく。どう考えても登山自体が無謀な提案なのである。そもそも私はわずか一年半前までは、家の階段もまともに上れない状態だったのだ。そんな人間に、

「さあ、山登りしましょう！」

とよく言ったものだと思う。もし、私が途中で歩けなくなったらどうするつもりだったのだ。

そう考えると、今回の成功はひとえに自分の頑張りのおかげのような気がしてきた。雪に阻まれ、あるいは親の介護や葬式を挟みつつ、コツコツというかだらだらと続けてきた体力づくりが無駄ではなかったのだろう。

「そうだ！　私が偉いのだ！」

疲れが癒えるにしたがって、自己肯定感も高まっていく。

「あれもこれもぜーんぶ私の頑張りのおかげだ！　私、すごい！　天才！」

ほとんど吠えるようにして風呂を出る。そしてその瞬間に、入浴前、あれだけ探しても見つからなかった湯張りボタンが目に入った。自己肯定感の高さが、人生に影響を与えるとはこう

いうことだろうか。

湯上がりに、すかさずビール。大浴場から戻った元祖Ｋ嬢が、「六種類のお風呂がありました」と報告してくれる。どうやらそのすべてに十秒ずつ浸かったらしい。

「十秒？　短くない？」

「私、代謝がよすぎて長湯できないので」

「……ですね！」

昼間の大量発汗を思い出し、深く頷く私。思えば、彼女の言葉がこんなに説得力を持って響くのは初めてかもしれない。なにしろ『いやよ旅』の経験で、彼女の言う「大丈夫」は全然大丈夫ではなく、「怖くない」は死ぬほど怖く、「誰でもできますよ」は私にはできないことが身にしみてしまっているのだ。こんな日が訪れるとは感無量である。

感激を胸に夕食会場へ。途中、Ｓ氏に男湯の様子を尋ねると、なんと彼は大浴場へは行かず、部屋風呂で済ませたというではないか。思わず、

「何でですか！　Ｓさんのような大きい人こそ大浴場

をのびのびと味わうべきでしょうが！」

と糾弾してしまった。自分も部屋風呂に入ったくせに、ひどい話である。S氏も思いがけない糾弾に驚いたようで、

「いや……だって……でも……あの……部屋の風呂だって……おおぅ……」

と、一瞬気弱な外国人みたいになったが、

「あ、でも、湯張りボタンは自力で見つけましたよ」

と突然態勢を立て直し、反撃の姿勢を見せて立派だったのである。

それにしても、宿の夕食はなぜあんなに豪華なのか。名付けて『無理御膳』。腰が引けるほどのご馳走で、間違いなく食べきれないであろう量の食事を前に、

「無理」

「もう無理」

「まず無理」

「これからメイン？　絶対無理」

と頭の中が無理一色となってしまう。今回もメインの牛しゃぶを一切れ半しか口にできなかった。なぜこれを最初に出してくれないのか。先に鶏と豚を食べなければ羊に辿り着けない、謎ジンギスカン屋の食べ放題方式か。そんな私の苦悩も知らず、食事担当のスタッフはご馳走を繰り出す手を止めない。彼は黒光りするほど日焼けした顔に常に笑顔を浮かべ、でもあまり

人の話を聞いておらず、そして私を終始「お母様」と呼んだ。

「お母様、お飲み物は？」

実は、彼が最初にそう口にする直前、

「ええと、この三人の関係は何だろう。友達……っぽくはないし、不倫旅行……にしては人数が多いし、夫婦……でもやっぱり数が合わないし、社員旅行……にしては寛《くつろ》ぎ過ぎだし、一体どう呼べばいいのか」

という疑問と逡巡が全部顔に出るのを、私は見ていた。接客業でありながら顔に出しすぎというか、そもそもそこまでわからないのであれば訊けというか、当てずっぽうで言ってどうする。ギャンブラーか。

それにしても、お母様である。時刻は午後八時を回った。薬岩山登山出発から六時間余り。妖怪や仲良し同僚を経て、ついに私はお母様となったのだ。

「とうとうここまできたか」

無駄に感慨深い。S氏が一応、

「いえ、親子じゃないんですけど……」

と否定してはみたものの、

「あ、そうなんですかー」

と全力で流された。お手本のような流しっぷりだなと思っていたら、案の定、その後も彼の「お母様」呼びが揺らぐことはなく、

「お母様、シメのご飯は？」

「お母様、昨日お誕生日だったそうで」

「お母様、おめでとうございます」

「では、お母様とお写真を」

最後は親子写真まで撮ってもらって、もはや不動のお母様である。いろいろお腹いっぱいになった私は、

「お母さんはもういいから、ほれ、あんたたちが全部食べなさい」

と夕食を終えたのだった。

その後は元祖K嬢を部屋へ残し、S氏とマッサージへ。登山でゴリゴリになった身体をほぐしてもらう。施術担当の女性が札幌出身だと言うので、藻岩山の険しさを共有しようとしたところ、

「うーん、なんか中学の遠足で山に登った気はするんですけど、それが藻岩山だったかどうか」

ということであった。聞けばまだ二十一歳だという。数年前の出来事がそんなにあやふやで

大丈夫なのだろうか。

「遠足って登山遠足ですよね？」

「登山……だったかな……」

「山登りはしたんですよね？」

「と思うんですけど」

聞けば聞くほど、こちらが不安になる。年齢か出身地のどちらかをごまかしている可能性もあるが、果たしてそんな必要があるのか。不安のままマッサージを受けつつ、先ほどの黒光りスタッフの思い込みと彼女の曖昧さを足して二で割ったら、接客濃度的にちょうどいいのではとひらめく。いつか街でばったり宿の社長にあったら、そう進言しよう。社長のことは何も知らないけど。

結局、彼女の正体（？）については判明せぬまま終了。あとは部屋に戻ってビールを飲みながらのんびり過ごすつもりが、なんと。昨日が私の誕生日ということで、思いがけずお祝いの場となり、S氏と元祖K嬢がそれぞれ包みを差し出してくれるではないですか。

「おめでとうございます！」

受け取ると、一つはずっしり重く、もう一つはふんわり軽い。私はこれを知っている。重いツヅラ（じゃないけど）を選ぶと中から蛇や虫やお化けなんかがうじゃうじゃ出てくるやつである。と警戒していると、なんと両方ともがプレゼントだという。一瞬、罠かと思ったが、おそらくは私が昔話の性悪婆《しょうわるばあ》さんより人柄がいいということなのであろう。

包みをほどくと、重いツヅラは「世界最高米」、軽いツヅラは帽子であった。

世界最高米は箱に金文字で「世界最高米」と記されており、まごうかたなき最高米である。これは玄米を熟成させることによって、「新米を超えるほどの」最高の食味と風味を生み出し、「コメの生命力を落とさず、むしろ元気潑剌《はつらつ》にする熟成技術」が用いられているそうで、よくわからないがありがたい感じがする。しかも、S氏が何度か「世界最高米」ではなく「世界一高い米」と言い間違えていたので、お値段も高かったと推察される。彼らの気持ちに応えるべく、元気潑剌の米を食べて早く元気潑剌にならねばならない。

一方の帽子は、暖かそうな冬物である。脱毛して知ったが、髪の毛がないと冬は本当に寒い。つるつる頭になった当時、私の中でお坊さんの株が急上昇した。なんならお経とか読まなくてもいい。剃髪《ていはつ》、というだけで尊敬度二百％増しであった。ただ、私はお坊さんではないので、積極的にこの帽子で冬の頭部を護っていきたい。

「本当にありがとうございます」

「いえ！　実はこれもあります！」

目の前にまたツヅラが現れた。今度のツヅラはケーキである。開けると、フルーツに囲まれた私が現れた。伊能忠敬に見守られながら、お花畑を散歩する私のイラストがデコレーションされているのだ。

「うわあ！　かわいい！　これ、丹下さんが養生日記に描いてくださった絵ですよね！」

「はい、無断使用です」

　S氏がきっぱりと答える。きっぱりしすぎて、正義を為《な》した感すら漂っていた。

　それにしても、皆に祝ってもらってお母さんとしては幸せである。病気発覚から二年余。再びこんな風に穏やかな誕生日を迎えられるとは想像もしていなかった。

　思えばS氏が担当編集者になった直後に私の病気が発覚したため、彼は病気の私しか知らないのである。そう考えると、

「いきなり病人の相手をさせてごめんね。こんなお母ちゃんでごめんね。あと、明日の朝でいいから大浴場

入ってみて」

　という母心が溢れる。元祖K嬢も私の担当を外れて長いのに、ずっと気にかけてくれている。お母さん冥利に尽きることよなあと元祖K嬢を見ると、彼女は点けっぱなしのテレビの中で登山家の渡邊直子さんが、「どんなに身体が強くても、マネジメントに失敗したら登頂はできない」と語っているのを偶然聞いて、

「そうですよ！　私たちはマネジメントに成功したのです！」

と吠えていた。もし明朝、部屋風呂に入ることがあったら、その自己肯定感の高さで湯張りボタンを無事に見つけてほしいものだと心から願う。

　こうして子らと母の夜は穏やかに更けていった……のだが、問題は今回で終わるはずだった「いやよ旅、再び」編がまだ終わらないことである。

「大丈夫、終わりますよー」

　とか言った手前、どうしたらいいのか。

第24回　いやよ旅、再び⑥

二〇二三年九月

旅の朝は早い。目が覚めたのは、午前四時。枕が変わるとあまり眠れない繊細なお姫様のような体質なので、旅行二日目の朝はたいてい寝不足気味なのだが、それにしても早い。まだ外は真っ暗だ。ゴージャスベッドの感触を味わいながら、頭の中で今日の予定を確認する。

「下る」

カヌーで川下りをするのだという。昨日の藻岩山登山が嫌過ぎてあまり考えていなかったが、冷静になってみれば今日もまあまあ嫌である。S氏も元祖K嬢も、実にうまい具合に私の嫌ポイントを突いてくる。彼らには私の心を読む特殊な力が備わっているのかもしれない。そしてそこにはなんらかのメッセージが込められているのだ。

「昨日上って、今日下る。北大路さん、それはまるで人生のようだとは思いませんか。人は幸福を求めながらも、日々迷い、立ち止まり、また前へ進んでいくのです。人生とは平坦ではない。上ることもあれば下ることもある。そして時には浮いたり沈んだりもする。そう、カヌーだけにね」

うるせーわ。

すっかり目が冴えたので、川下りのシミュレーションをすることにした。人生とカヌーは浮いたり沈んだりするものだとS氏と元祖K嬢は言ったが（言ってないが）、私としてはできれば沈みたくはない。昔、ニセコだか富良野《ふらの》だかでラフティングをしたことがあって、その時は「泳いでみましょう！」と言われて冷たい川に飛び込んだ。完全なる若気の至りである。今は無理だ。とにかく濡れたくない。そして濡れずにすべてを終えるには、イメトレが大事なのだ。まず頭の中にカヌーを思い浮かべ……ようとして、はたと気づく。

「どんな舟よ？」

そもそもカヌーの形状がわからない。遅ればせながらスマホで検索すると、木の葉みたいな細長い形の舟が現れた。

「おお、これか。というかこれはカヤックではないのか？」

自慢じゃないが、あの界隈の舟の区別が全然つかない。解説によると、艇のデッキ部分がオープンになっており、かつ脚を正座のように曲げて座るのがカヌー、デッキが閉じていてそこに伸ばした脚を潜り込ませるのがカヤック、でも実際はそう厳密に区別されているわけでもない、ということである。区別してよ。しかも肝心なのは艇よりも櫂《かい》であるパドルの形で、カヌーはその片側だけに水掻きがついたシングルブレードパドル、カヤックは両側に水掻きのあるダブルブレードパドルを使うのだそうだ。

「なるほど」

ほかに感想が湧かない。

「で、必ず濡れるもんなの？」

もっとも知りたいそこは、しかしどのサイトを読んでも判然としない。ちなみにS氏作の旅のしおりには、持ち物として、

「濡れてもいい服（靴はレンタル）」

「替えの下着&靴下（濡れる可能性あり）」

「タオル」

が書かれていた。濡れる気満々である。

「嫌だなあ……」

登山による筋肉痛を理由にキャンセルできないかと思ったが、なぜか身体はどこも痛くない。アウトドアの楽しみがわからない人間なのに、こんなところで地道な運動の成果が出てしまった。つらい気持ちで朝風呂へ。S氏と元祖K嬢の顔が浮かぶ。川下りが全然楽しみではない自分をさすがに申し訳なく思うが、風呂上がりに朝ビールを一本飲んだところで、

「いやしかし、同じ舟遊びなら豪華クルーズ船で世界一周旅行でもいいだろうよ！」

と急に強気になったのは、さすがビールであった。

チェックアウトは十一時。大きな荷物は預け、川下りに必要なものだけを手に宿を出る。カヌーの予約は午後からなので、お茶でも飲みながら時間を潰すことにした。時間潰しとはいえ、注文は各自真剣である。季節的にまだ冷たいものがほしいが、調子に乗ってごくごく飲むと、川の真ん中でトイレに行きたくなるかもしれないからだ。なかでも元祖Ｋ嬢の葛藤は大きく、

「かき氷が食べたい。でもトイレは心配だ。かき氷。トイレ。かき氷。トイレ。いや、やっぱりかき氷。となるとシロップは？　イチゴ？　メロン？　ブルーハワイ？　ああ、もういっそ全部かけたい」

　とのことで、ついには、

「シロップって全種類かけてもらうことはできますか？」

　と大胆な交渉を始めたあげく、本当にＯＫをもらってしまった。三色丼のようなかき氷をにこにこ食べる元祖Ｋ嬢を見ていると、昨日の水購入の一件といい、こういう人がやがて人類を救うのかもしれないという、謎の敬意が湧いてくる。なにしろ勇気がある。あれだけトイレを

気にしつつかき氷を選ぶ勇気、難しい交渉を躊躇《ちゅうちょ》なく始める勇気、しかもそうまでして手にした三色丼かき氷を、

「美味しいけど食べきれないかもー」

と、早くも残そうとすらしているのだ。勇気しかないではないか。というか、残さないで。

元祖K嬢の勇気を思い知った後は、いよいよ川下りである。集合場所の複合施設では、よく日焼けした若い男性スタッフが二名、

「こんにちはー！」

にこやかかつ陽気に出迎えてくれた。もうそれだけでアウトドア界の毒気に当てられ……じゃなくてやる気に圧倒される。

指示されるまま、レンタルの靴に履き替え、ライフジャケットを装着。

「やっぱ濡れるんじゃねえか……」

と絶望しているところで、スタッフの一人がS氏に話しかける声が聞こえた。

「カヌー、実は二人乗りなんですよ！」

「え？」

「それで、男性にはサップに乗っていただきますね！」

「え？」

サップ。今朝、カヌーについて調べた時、笹かまぼこ的形状の板に立ってパドルを操る、進化した一寸法師みたいな人の画像をさんざん目にした。あれだ。

「大丈夫ですよね！」

「え？」

写真で見る限り、サップは限りなく「板」だ。つまり確実に濡れる。S氏もやはり濡れたくないのだろう。さっきから「え？」しか言っていない。わかりやすく呆然とする彼に無言で頷いてみせる。私じゃなくてよかった、の意である。

この日の参加者は八名。我々以外には本州から来た若い新婚カップルと、同じく本州組の母親と息子二人の親子連れである。彼らとともに車で川原に引率され、乗るべきカヌーの前に立つ。見ると、パドルの水掻きは両側についているではないか。

「おまえ！　カヤックだろ！　ダブルブレードパドルはカヤックじゃないのか！」

仕入れたばかりの知識で目の前の舟にツッコむも、見ると、デッキはオープンになっており、

「おお？　ということはやっぱりカヌーか！　おまえはカヌーなのか？」

思い直したのも束の間、

「脚は伸ばして、膝を軽く曲げて」

「いや、カヤックじゃないか！　脚を伸ばすのはカヤックって書いてあったぞ！　おまえどっちだ！　一体何者なんだ！」

と、とにかく混乱が甚だしい。結局、その名も知らぬ舟に乗って川下りは始まった。

川下りの魅力は、水面を渡る爽やかな風と、いつもとは異なる視点からの景色の美しさと聞く。天気は薄曇り。ゆったりとした流れに乗って進むと、確かに私の知っている定山渓《じようざんけい》とは違う風景が広がっていた。見上げる両岸には渓谷の岩肌を覆うように、木々が豊かに繁っている。その木々がまるで緑のトンネルのように頭上にせり出し、水面は雲間からの陽を受けて時折きらきらと輝いた。

「魚がいますよ！」

パドル操作にも慣れた頃、スタッフの声が響いた。水中を覗き込むと、小魚の群れが見える。

「ほら、あっちには鳥！」

岸の茂みから顔を出していた鴨《かも》の親子は、しかし我々が近づくとすぐに隠れてしまった。

「サップに乗っている方はそろそろ立ってみるのもいいですよー」

とりわけ緩やかな流れにさしかかったあたりで、スタッフが言う。サップに乗っている方、といっても実は私と元祖K嬢以外は全員サップだ。

スタッフの声を受けて、それまで立て膝でパドルを漕いでいた人たちが、次々と立ち上がる。が、やはり難しいとみえ、バランスを崩した小学生の男の子が水に落ち、笑い声と拍手が上がった。S氏も勇敢な一寸法師のようにというか、生まれたての子鹿のようにゆらゆらとボードの上に立っている。一瞬グラリと身体を傾けたが、さすがの体幹ですぐに体勢を立て直した。それを見て「危なかったですねー」と言うつもりが、なぜか、

「惜しかったですねー」

と口走ってしまう私。おのれの心の中にある黒い何かを見た思いがしたが、大丈夫、その黒い何かも清らかな川の流れに洗い流されるはずである。実際、何度かあった写真や動画撮影で、「面倒くせーな」と思いながらも言われるがままポーズをとっていたところ、実感の二十倍くらい楽しそうに写っていた。これは清らかになった私の心を、機械が写し取ったと考えて間違いがない。

ちなみに川下り終了後、その清らかな写真と動画を数千円で買い取るように勧められたのを、S氏がきっぱり断ってくれた。本当は山に棲む妖怪でもなく仲良し同僚でもなく親子でもない、我々三人のビジネスライクな関係を表すとてもいいシーンであった。

川下りは「これ以上は危険」という滝の手前まで行き、そこから引き返すルートである。途

中、岸に上がってマシュマロを焼いたり、肝試し的に滝を覗き込んだり、カヌーで魚を追いかけたりと、川遊びを楽しむメニューがいくつか組み込まれている。そして最後に用意されていたのが、飛び込み。川岸にある数メートルの高さの岩から川に飛び込むという、楽しさのツボがよくわからないイベントだ。参加者は我々三人以外全員である。岩に上っては、ただ川に飛び込むことを繰り返す彼らに拍手を送りながら、

「アウトドア好きの人の考えることが本当によくわからない……」

と、昨日から何度思ったかわからないことをまた思うのだった。

こうして二時間ほどで川下りは終了。濡れた服を着替えた（やっぱり濡れた）後、預けた荷物を受け取るために宿に戻る。徒歩で十分ほどの道のりなのだが、S氏の足取りが妙に重い。聞くと、下着までずぶ濡れなのだという。自分で作った旅のしおりを無視し、

「濡れるかもということは、濡れないかもと思って」

着替えを持たなかったそうだ。サップを命じられて、

「え?」しか言えなかった理由がようやくわかった。

しかもS氏はその日、「Superdry」とプリントされ

た謎Tシャツを着用していた。「極度乾燥（しなさい）」の文字もある。三人の中で一番乾いている風の人が、実際は下着まで濡らし、温泉街を歩いているのだ。

彼の背中に世の中の皮肉をつくづく感じて、私（とS氏と元祖K嬢）の長い長い一泊二日「いやよ旅」も、ここで終わりを告げた。

実際、嫌なことだらけであったが、それでも少しずつ元気になっている姿を見てもらえてよかったのである。

第25回　マルコとキミコと三千里

二〇二三年十月
某日

我が家にマルコがやってきた。「母をたずねて三千里」のマルコである。先代万歩計の伊能忠敬が洗濯機投入という不慮の事故で散歩界を去って数か月、二代目として担当編集者のS氏から送り込まれてきたのだ。

早速、手にとってみる。忠敬より少し大きくて重い。日本を一周して地図を作る忠敬より、イタリアからアルゼンチンへ旅するマルコの方が重装備なのかもしれない。まずは設定。日付を入力し、体重を入れ、一日の歩数ノルマを決める。無意識のうちに体重を少なめに申告しようとすると、

「マルコ。お母さんを見つけるためにも、正しいデータを設定して、旅に備えなければならないわ」

説明書で誰だか知らない少女に釘を刺されてしまった。どうやら私はもうマルコになっているらしい。チーズもトマトも嫌いで、誰かに「絶対イタリアでは暮らせないね」と茶化されるたび、

「一生暮らさねーよ！」

とキレていた私が、暮らすどころか気がつけばイタリア人の少年である。困惑しつつ、

「お母さん！　フォカッチャは『火で焼いたもの』という意味だよ！　チャオ！」

唯一と言っていいイタリアの知識でもって気持ちを高めてみた。

某日

しかし、人生とはままならぬもの。雪が降る前にと、父の会社と自宅の片付けにうっかり着手してしまったため、なかなか散歩に出る暇がないのだ。何十年分もの澱《おり》のようなものを処分するのだから当たり前だが、とにかく時間とお金がかかる。父の会社に至っては既に五年がかりで、あまりに大量の処分品とその分別の手間と嵩《かさ》む費用に目眩《めまい》がして、未だ終わりが見えない。先月、ようやく棚やロッカーや事務机などの金属類を業者に回収してもらった。八トントラックで二・五台分。すっきりするかと思いきや、残された木製棚や書類や小物の多さに、今も絶望している。

今日は懸案事項の一つだった事務所の神棚を取り外した。長く放置していたのは、処分方法がわからなかったからである。以前、御札に書かれた神社に問い合わせた時は、

「うちでは引き受けてません」

とあっさり言われた。神社は神棚のお母さんなのに？　とショックを受けたが、別に親子ではないらしい。かといってゴミに出すと祟《たた》られそうだし、勝手に焼いたら焼いたで炎がヤマタノオロチか何かの形になりそうだしで、正直、ありがたいのか厄介なのかわからなくなっている。

「せめてへそくりの一億円くらい出てこないかな」

と神棚の中を検《あらた》めると、へそくりではなく両親が結婚した時の誓詞《せいし》が現れた。誓詞の日付は六十数年前の春。桜の咲く季節に、両親が地元の神社で「夫婦の契《ちぎり》」を結んだことが記されている。力強い筆文字が若い二人の希望を表しているようで感慨深く、

「お母さん、お父さんと同じお墓に入りたくないんだよねー」

と真顔で言っていた晩年の二人の関係を思うと、さらに胸に迫るものがあった。

誓詞のほかには、古い新聞が一部。意外にも昔、私が某文芸誌の新人賞を受賞した時期のものである。私の仕事にずっと反対していた父が、密かに記事を集めていたとしたら涙が出るが、もちろんそういった事実はない。よくよく見ると、新聞は父の仕事関係の業界紙で、主役は父。私に黙って私の受賞に関する取材を受けていたのだった。何を考えていたのか。

「子供の頃から本が好きでしたね」

とか語っている場合か。

某日

日々、マルコに叱られている。私がマルコになったと思ったのは勘違いだったらしく、私は画面から出られない彼の指示の下、母を探して旅をする役割らしい。そのマルコが最近、苛立っている。一日三〇〇〇歩というノルマがなかなか達成できないからである。散歩以外の運動をしたり、家の片付けに奔走したりと身体は動かしているのだが、子供ならではの頑迷さで散歩以外の運動をカウントしてはくれないのだ。あげくの果てには、

「このままじゃ、いつまでもお母さんにあえないぞ……」

などと泣き顔で脅してくる。

「あのね、おばちゃんのお母さんは死んじゃって、もう一生会えないのよ」

と張り合ってみても、人の話など聞いてはいない。しかも一方的に旅のリミットを設定してきた。九十日。九十日以内に規定歩数をクリアしなければ……しなければ……どうなるのだろう。遠いアルゼンチンの地で、永遠にさまよい続けるとかだろうか。怖い。

某日

市内の神社に出向く。例の神棚の処分先をネットで見つけたのだ。予約不要とのことなので、日曜日の今日、妹と二人で運び込むことにする。ナビを頼りに車で二十分ほどかけて到着。が、やけに静かだ。駐車場に人影はなく、参道の階段でもすれ違う人はなく、森の中の本殿にも誰もいない。社務所の受付窓は閉じられ、中を覗くと猫が日向《ひなた》ぼっこをしているのが見えた。

「ひょっとして神主さんですか？」

ためしに声をかけてみるも、返事はなし。まあ、返事をされても驚くのでそれはいいのだが、初めて訪ねた神社ということもあり、何がどうなっているのかわ

からない。

「我々、誰かに騙されてる?」

妹と困惑していると、ふと「日曜・祝日は休み」の旨が書かれた立札を見つけた。なんと神様はお休みらしい。世間の休日こそ神様の稼ぎ時ではないかと思うが、神様にもいろいろ都合がおありなのだろう。諦めて神棚は持ち帰ることにする。

それにしても最初の神社では引き取りを拒否され、次の神社はお休み。ついていないというよりは、「捨てても捨ててもいつのまにか戻ってくる恐怖の神棚」みたいになっている気がして、もう神様方面に頼るのはやめにした。その場で一般の「お焚き上げ」業者を検索して電話。対応は親切でテキパキしており、あっという間に引き渡しの日時が決まった。やはり一番話が早いのは、営利の絡んだ人間なのである。帰りの車の中で、

「週末休めるなら神社運営も悪くないかも」

と宗教法人設立の方法をこっそり調べてみた。それによると、最低三年程度の実績と実体と教義と信者と土地や建物が必要ということであった。難しいようなそうでもないような、微妙なラインである。

某日

マルコはスマホを買うといいと思う。いや、マルコだけではなく関係者全員購入を検討すべきだと思う。とにかく「お母さんを見た」という噂がすべて不確か過ぎるのだ。その不確かな情報に振り回されて、マルコはというか私は、あっちの街からこっちの街へ現れては消える母の影を追って回らねばならない。スマホがあればとっくに二人の再会は叶っていたであろう。マルコよ。

「いまひとつだったな……」

などと私の歩きっぷりを評価している場合ではない。スマホ買え。

某日

お焚き上げ業者に、ようやく神棚を引き渡す。神具類だけではなく人形も引き受けてくれるというので、私が生まれる前からあった日本人形や、飾り棚の奥で何十年も眠っていた姫だるま一族の供養もお願いした。姫だるまは誰かが買っているところを見たことがないのに、なぜか増え続けている気がして恐ろしかったが、今回、久しぶりに手にとってみたら、思いのほかかわいらしい顔をしている。髪の毛が伸びていることもなく、

「今までありがとうね」

とお礼を言って袋に詰めた。そのほかにもぬいぐるみ、古い誰かの手作り人形、コケシなど

をお焚き上げへ。子供の頃から見慣れた人形たちだが、寂しさよりは私の手で処分できてよかったという思いが強い。人は必ず死ぬのに人形は死なないのだ。それはやはり少し困ったことだと、両親を見送った今、切実に感じている。

お焚き上げはお坊さんの読経の後、業者専用の焼却炉で行われるという。その焼却炉アピールがすごくて、「もしや焼却炉製作が本業で、それを売りつけようとしている？」と疑ったくらいだ。が、あれはおそらく「終着点」を明らかにしているのだろう。供養の後、ゴミと一緒に捨てたりしていませんよということなのだ。そうならそうと言って。

某日

マルコがあまりにお母さんを恋しがるので、この少年は一体何歳なのだろうと調べてみると九歳であった。九歳。九歳で一人、スマホなしでイタリアからアルゼンチンへ向かうのだ。一日三〇〇〇歩とかいう話ではなく、最初から無理な旅ではなかったか。

某日

会社と並行して、自宅の片付けも進めている。父が亡くなった時、手紙や写真の少ない人だなと思っていたが、それもこのたび押入れの奥から大量に発掘された。高校を卒業して北海道へ渡った父に、同級生たちがたくさん手紙を送ってくれていたようである。父は筆まめではなかったので、皆、口を揃えたように「たまには返事をよこせ」と書いていたが、中に一通、女性からの、

「もう故郷のことは忘れてしまったのかしら。北海道で美人さんを見つけたかしら。美人さんを見つけたのなら一度連れてきてね」

　という手紙があって、

「せめてこの人には返事を出したれよ」

　と今更ながら胸が痛む。彼女は音沙汰なしの父に何通も便りを送り、最後には、

「私はすっかり太ってしまって十六貫二百匁《もんめ》もあります」

と尺貫法で自分の体重を開陳していた。思わず計算してしまって悪かったと思う。

また、別の押入れからは、母方の祖父の帳面を発見。中身は、私の伯父が軍隊に入隊した時の「入営御餞別芳名」、伯母が結婚した時の「結婚御祝儀芳名」、そして病床にあった祖父自身の「病気御見舞拝戴芳名」である。昭和二十五年、まだ戦争の影が残る大変な時代に病床の祖父に滋養のあるものを食べさせようとしてくれたのだろう。「鶏卵二十個」「キャラメル三個」「梨五百匁」「鯛四半身」「ハタハタスシ若干」「ビスケット百八十匁」など、昭和二十年代の御見舞品が何ページにも亘って綴《つづ》られている。

ページの途中には戦前の日付が書かれた古いモノクロ写真も何枚か挟まっており、写っているのは皆知らない人だ。たくましい若い男性もにこやかな女性もおじいさんもおばあさんも赤ん坊もいるが、でももう皆この世にいない人たちなのだ。時の流れそのものを見ているような気がする。

某日

お母さんが病気で入院しているとの噂を聞き、急いで病院へ向かうマルコ。が、残念ながら人違いであり、しかもその女性はマルコの目の前で亡くなってしまう。

「やすらかにいきをひきとりました」

やはり九歳には厳しい旅ではないか。

最終回　キミコのスケスケ緊張日記

二〇二三年十一月

ついにこの日がやってきた。

小学三年生の時の運動会の作文と同じ書き出しで恐縮だが、実際にやってきたのだから仕方がない。何がやってきたかというと、検査である。今日はがんの術後二年（といいつつ本当は二年と二か月）の検査日なのだ。

暗い気持ちで目覚め、暗い気持ちで猫の世話をし、暗い気持ちで身支度を整える。一貫して気持ちが暗いのは、検査が嫌いだからである。

「もし悪いところが見つかったらどうするんだよ！　いや、見つけるためにやるんだろうよ！　見つけてどうするっていうんだよ！　治療するんだろうよ！　そうか！　そうだよ！　よかったな！」

という混乱した思いが湧いてきて、それだけで疲れるのだ。つまるところは気が小さいのである。

病院の指示どおり朝食はとらずに家を出る。食後に検査を行うと、お腹の中の目玉焼きが映っちゃう……とかいう牧歌的理由では当然なく、薬剤の副作用で嘔吐し、それが喉に詰まって窒息しては大変だからだ。

そんな危険を冒してまでやらねばならぬ検査なのか。どうしてもか。

この期《ご》に及んでグズりながらも、まずは採血。それが終わると造影剤注入用の針を改めて肘の内側に刺し、そこから伸びるチューブをぐるぐる巻きにしてテープで腕に貼り付けた。いつも感じるが、医療行為というのは案外大胆なのだ。

「そのまま検査室へどうぞ」

看護師さんに促され、地階へ向かう。思えば画像検査は久しぶりである。

「化学療法が終わったら、四か月おきにエコーとマンモグラフィを交互にやって、あとは年に一度CTを撮りましょう」

とのことだったが、実際は術後一年のCTはなし。エコーもマンモもそれぞれ一度きりで、血液検査だけを続けてきたのだ。ただ血液検査で毎回のように「パーフェクトですね！」と謎の好記録を叩き出していたこともあり、最近では、このまま画像検査なしで百歳までいけるのでは……と、いかにも目先のことしか考えない人間らしい希望を抱いていたものの、世の中そう甘くはなかった。前回の診察時、突如、時の流れに気づいた主治医が、

「あ、もうすぐ二年ですね。じゃあ次はＣＴを撮って、骨の検査もしましょう」

と、あっさり告げたのだ。ＣＴスキャンで内臓を、骨シンチグラフィで骨の様子を透視するのだという。さすがに嫌だと言えず、

「スケスケですね……」

「え？」

「身も骨も丸見えになりますね」

「……検査ですので」

なぜかまったく盛り上がらない会話を主治医と交わしたのである。

あの時の主治医のなんともいえない顔を思い出しながら、検査の順番を待つ。黙っていると気分が沈むので、ＣＴ検査のいいところを思い浮かべることにした。エコーほどドキドキしないし、ＭＲＩほど狭くないところだ。

そう、エコー検査はとにかく心臓に悪い。プローブを持つ技師の手が止まったり、画面に映る何かをカチカチ計測するたびに、

「なななにか見つかりましたか！」

と激しく動揺する。もし検査中に、

「え、何だこれは」

などと技師が呟こうものなら（呟かないけれども）、卒倒する自信さえある。

一方のＭＲＩ検査は狭すぎる。私は前世、炭鉱かどこかで生き埋めになったのではと疑うくらい狭いところが苦手なので、あの筒状の機械が本当に恐ろしい。毎回、頭から筒に入れられるたび、

「胡瓜ですか！　私はチクワに詰められる胡瓜ですか！　かわいそうな胡瓜！　チクワにぎゅうぎゅう詰められて！　そして弁当のおかずになって！」

と、ちょっと自分でもわからない混乱の仕方をするのだ。それに比べると、ＣＴ検査はだいぶましだ。機器の形状もチクワというよりドーナツで、そのドーナツの穴の中を行ったり来たりするだけなのである。

多少、気持ちを持ち直したところで、いよいよ検査へ。とはいっても実質、横になって息を吸ったり吐いたり止めたりするだけである。ただ、途中で造影剤を注入されながら、

「吐き気はしませんか。頭痛はどうですか。息苦しさはないですか」

と矢継ぎ早に質問された時は、そう言われると全部当てはまるような気がして、

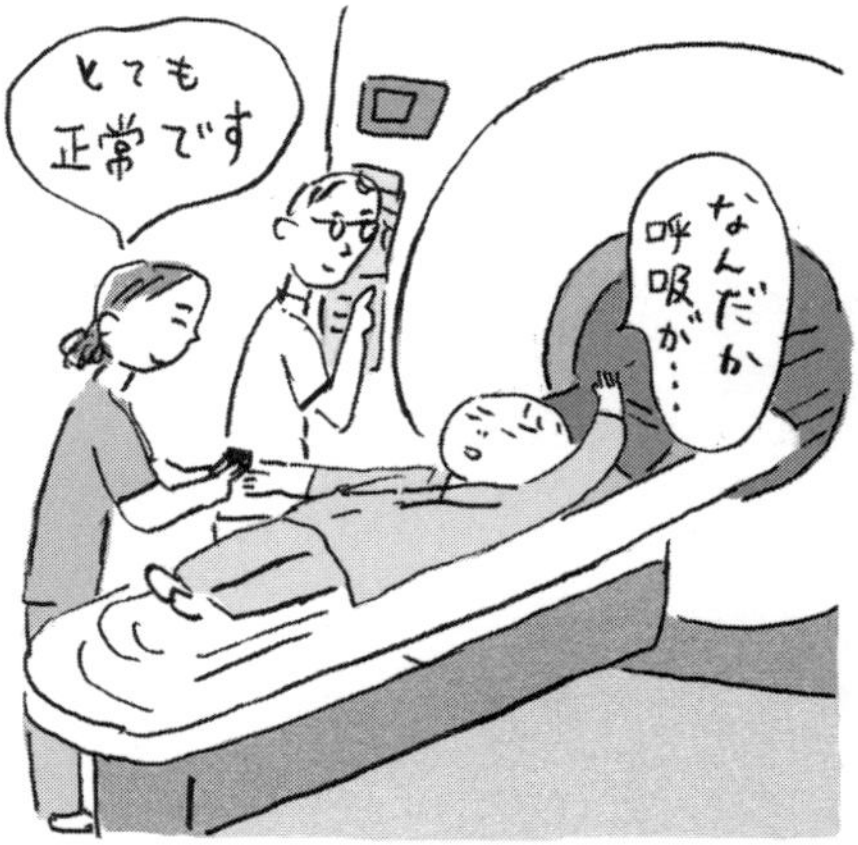

「なんだか呼吸が苦しい感じがします」

と答えてしまった。すると看護師さんがすぐさま酸素飽和度を計測。そして、

「うん、とても正常ですね」

とにっこり言った。とても正常。

「言われると苦しい気がしたのかな」

「あ、はい……」

病気の有無より先に、暗示にかかりやすいことがＣＴ検査で証明されたのだった。

続いて骨シンチの準備へ。骨がスケスケに写る薬を注射するのだという。看護師さんに引率されて、放射能マークの貼られた部屋へ移動する。使われる薬が放射性薬剤だからだ。

「この検査は初めてですか？」

「はい」

と答えて思い出した。自身は初めてだが、一度父の付き添いをしたことがある。がんが判明した父の、転移の有無を調べるための検査であった。場所はまさにこの病院。父の通院先に検査機器がなく、検査だけをここで行うよう言われたのだ。薬剤が体内に行き渡るまでは四時間ほどかかる。

「時間がかかるから、一旦帰っていいんだってよ」

注射の後、わかっていたはずなのに父はなんだかムッとしたように言った。

あの日父とそうしたように、注射の後は私も一度家に戻る。が、お昼を食べる以外は別にやることもない。数時間後には、椅子ごと身体をこちらに向けた主治医に、

「よくないものが見つかりました」

と告げられている可能性もあると思うと、仕事をする気分でもない。主治医には、患者にとって悪い話をする時、まず膝を突き合わせてじっと目を見てから話を切り出す癖があるのだ。誠実さの表れとは思いつつ、診察室で身体をこちらに向けた瞬間に、

「あ、ダメなパターンだ」

とわかってしまうので、それはそれでドキドキするのである。

結局、ネットで検査の予習をすることにした。骨シンチグラフィの機械の形状を調べ、主に狭さについて心の準備をするのだ。それによると、見た目はCTに似たドーナツ。ただCTとは違って大きなパネル状のものが二枚ついており、それが身体の周りを人工衛星のようにぐるぐる回って撮影を行うらしかった。

肝心の圧迫感については、感じるという人とそんなことはないという人とで、意見が分かれている。父は

何と言っていたのかと思い出してみたが、

「どんな検査だった？」

「寝てた」

もう全然参考にならないのである。

が、どんな検査だろうと結局は受けるしかないのだ。

諦めの気持ちで粛々と病院に戻り、粛々と検査室に入り、粛々と台の上に横たわった。

「では、はじめまーす」

検査技師の声を合図に、私の周囲で二枚のパネルがぐいぐい動くのが見える。画像で見るより圧が強い。時折それが目の前に迫る。怖い。しかも、身体は軽く拘束されている。逃げ場がない。このままではぺしゃんこに……ということを想像すると苦しくなるので慌てて目を瞑《つむ》った。

検査室の明るい照明を瞼《まぶた》の裏に感じながら、ぼんやりとこれからとこれまでのことを考える。

もし今日の検査でどこか問題が見つかったらどうしよう。まあ、どうしようもこうしようも治療をするしかないのだろうが、そうなるとおそらくはまた化学療法を、今度は期限なしで続けていくことになるはずだ。しかし、私は前回の治療で、「出るかもよ」と言われていた副作用

が全部出た女である。暗示にかかりやすい性格もあるとはいえ、あの副作用の日々に耐えられるだろうか。

あるいは無事に今日の検査をクリアしたとしても、ずっとこういう日々が続くのだ。定期的に検査を受け、そのたびにチクワに詰められた胡瓜に思いを馳せる。二年では一区切りともいえず、先はまだまだ長いのだ。

と、とりとめのないことをぐるぐる考えているうちにいつしか寝ていたようで、

「はい、終わりましたー」

検査技師の声で目が覚めた。

「どうでした?」

「……寝てました」

父のことを全然言えないのであった。


すべての検査が終了し、待合室で主治医の診察を待った。病気を告知された時のことを思い出す。込み入った話になるとわかっていたのだろう、一番遅い時間に予約が入れられていた。日の長い季節だったが、診察室から出た時には私以外に患者の姿はなく、窓の外はもう真っ暗だった。

今日ももう日が暮れかけている。あの日みたいだ。名前を呼ばれて診察室に入る。

「よろしくお願いします」

丸椅子に腰掛けると同時に、主治医が身体ごとこちらを向いて目を合わせたらよくない話である。

「今日は検査でしたね」

お、向かない。目線はモニターに映しだされた骸骨に向けられている。

「えーと、骨は大丈夫です」

骨盤に転移があった父の画像とは、確かにかなり違う。

「CTも」

そう言ってカーソルを操ると、今度は私の内臓が現れた。腹周りの脂肪がすごいが、今はそれどころではない。

「肺も大丈夫、肝臓も大丈夫、膵臓《すいぞう》も大丈夫、うん、大丈夫ですね」

ああ、よかったです、と言おうとしたその瞬間、主治医が声をあげた。

「え、何だこれ？」

うええ？　何だこれ、って何いいい？

「腸と膀胱《ぼうこう》の間に何かあるね。ほら。何だろう。うーん、これは専門の先生に画像を診てもらいますね。二週間くらいかかりますから結果は電話で聞いて……あれ？」

あれ、って何いいいい？

「手術前の画像にも同じのがあるね」

はいいいいいい？

「しかも若干小さくなってる。悪いものだと必ず大きくなるから大丈夫だね。大丈夫です」

どういうことおおおおお？

「たぶん腸じゃないかな」

ほんとにいいいいいい？

「ほんとです」

最後は心の声が漏れ出ていたらしく、主治医が答えて頷いた。私はどうやら術後二年（と二か月）の検査をクリアしたらしかった。

帰りの車の中で、一度も見なかった貴乃花の「シコアサイズ」のDVD、一度きりで膝を痛めた踏み台昇降、タオルを干すのに便利なフィットネスバイク、洗濯機の渦の中に沈んでいった伊能忠敬、そして未だ母に会えないマルコ。さまざまな健康グッズが浮かんでは消えた。ともに歩み、あるいは歩みそこなった仲間たちである。

今夜は彼らと祝杯をあげ、また明日から元気な一日を積み重ねていこう。「養生」日記はこれで一区切りとなるが、私の「病気後」の日々はまだ続く。病名が判明した時、もう元の自分には戻れないだろうと漠然と考えた。しかし、たとえ病気に罹らずとも、結局は今いる場所から一歩を踏み出すしかないのだ。改めてそう肝に銘じて毎日を過ごしたい。今の私にできるのは、それだけなのである。

初出

「小説すばる」二〇二二年五月号〜二〇二三年二月号、
二〇二三年五月号〜二〇二四年八月号
単行本化にあたり、加筆・修正を行いました。

イラストレーション／丹下京子
ブックデザイン／成見紀子

北大路公子（きたおおじ・きみこ）

北海道札幌市生まれ。

二〇〇五年『枕もとに靴　ああ無情の泥酔日記』でデビュー。各紙誌でエッセイや書評を執筆。エッセイに『生きていてもいいかしら日記』『苦手図鑑』『石の裏にも三年　キミコのダンゴ虫的日常』『晴れても雪でも　キミコのダンゴ虫的日常』『ロスねこ日記』『いやよいやよも旅のうち』『お墓、どうしてます？　キミコの巣ごもりぐるぐる日記』、小説に『ハッピーライフ』など著書多数。

キミコのよろよろ養生《ようじょう》日記《にっき》

二〇二五年　一月一〇日　第一刷発行
二〇二五年　四月一四日　第三刷発行

著　者　北《きた》大《おお》路《じ》公《きみ》子《こ》
発行者　樋口尚也
発行所　株式会社集英社
〒一〇一－八〇五〇　東京都千代田区一ツ橋二－五－一〇
電話　〇三－三二三〇－六一〇〇（編集部）
〇三－三二三〇－六〇八〇（読者係）
〇三－三二三〇－六三九三（販売部）書店専用

印刷所　TOPPANクロレ株式会社
製本所　株式会社ブックアート

ISBN978-4-08-771885-0 C0095
定価はカバーに表示してあります。

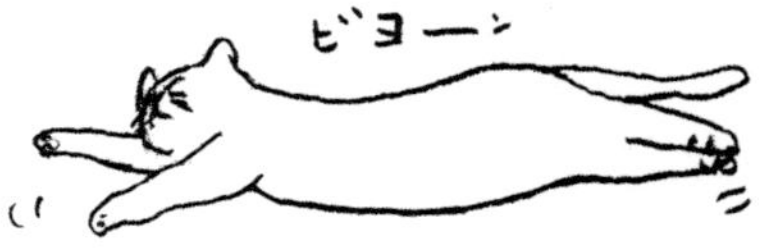